KB008021

세상 어딘가에   하나쯤

세상 어딘가에　하나쯤

유희경 산문집

달

세상 어딘가에 하나쯤, 당신의 서점에서

벌떡 일어서면 책장이 보입니다. 다섯 개의 책장을 빼곡하게 채우고 있는 것은 모두 시집입니다. 오른편에도 책장이 있습니다. 정면의 책장보다 키가 작고 어두운 색입니다. 그곳에도 책이 빼곡하고 모두 시집입니다. 일어난 자리 쪽에도 시집으로 가득한 책장이 있으니 삼면이 모두 시집인 셈입니다. 왼편은 책장이 아닙니다. 커다란 4인용 테이블이 하나. 의자가 여섯 개. 싱크대나 냉장고 같은 자질구레한 살림들이 모여 있습니다. 일어선 자리에선 보이지 않지만, 책상 건너편에는 모임이나 행사 같은 것을 할 수 있는, 열두 평 정도의 공간이 있습니다.

어떤 이는 '윅', 어떤 이는 '위트', 어떤 이는 '위앤시'나 '위시'라고 줄여 부르기도 하는 이곳의 정식 명칭은 '시집 서점 위트 앤 시니컬'. 이름대로 시집만 파는 서점입니다. 이곳을 운영하는 사람은 유희경이에요. 이 글을 쓰고 있는 사람입니다. 저는 시인입니다. 시집을 세 권 냈고 서점지기가 된 지는 5년쯤 되었습니다.

지금 서점은 조용합니다. 틀어놓은 음악만 서점 구석구석을 살피고 있습니다. 실은 늘 이렇습니다. 사람이 없을 때나 있을 때나 한결같아요. 책을 살펴보는 사람은 입을 열지 않지요. 안으로 안으로 침잠해 들어갈 뿐입니다. 처음 문을 열었을 때는 퍽 요란했습니다. 시인이 운영한다고 하니까, 무엇보다 시집만 취급한다니까 신기했던 모양입니다. 이제는, 대개 그러하듯, 그러려니 하는 모양이에요. 손님이 있든 없든 서점 일이야 늘 분주하지만, 그 시절에 비하면 한가하고 평온한 일상이라고 할 수 있습니다. 가끔 그립기도 하지만 지금도 충분히 좋습니다.

시인이고 서점지기니까, 서점의 일을 가지고 책을 한 권 낼 법하겠다, 싶었던 모양입니다. 가끔 출간을 제안받기도 하고, 더러 계획이 없느냐고 물어보는 사람도 있습니다. 그

때마다 웃음으로 때우기는 했지만, 실은 이 책을 내기로 약속한 것은 5년 전. 서점 문을 막 열었던 때였습니다. 무척 고마우면서도, 당장 내일을 모르는데 약속을 해도 될까 싶었던 것도 사실입니다. 하루가 끝나면 내일 걱정을 하고 내일을 오늘로 살면서 또 다음날을 걱정하고. 서점과 함께 보낸 5년은 매일같이 위태위태했다고 할 수 있습니다.

그러느라, 제대로 된 이야기를 적어내지 못한 채 수년을 보냈습니다. 술김에 없었던 일로 하자고 메일을 적어보기도 했었지요. 물론 보내지는 못했습니다. 서문을 적고 있는 지금에 와서는 그러지 못한 것이 참 다행이라고 생각해요. 이 책이 읽을 만한 가치가 있는 것이든 그렇지 않든, 제게 지금 중요한 것은 등 떠밀며 응원해주고 기다려준 이들과의 약속이니까요. 물론 이 약속은 (구체적으로는) 달 출판사와 한 것이지만 한편 우리 서점의 손님, 저희는 '독자'라고 부르는 이들과 한 것이나 다름없다 생각하는 중입니다.

이곳에 찾아오는 사람들은 이 서점이 이곳에 잘 있기를, 잘 있어주기를 바라는 이들이라고 생각하기 때문입니다. 얼마 버티지 못하고 금방 사라져버릴 곳이라면 누가 찾아오겠어요. 터치 몇 번이면 집으로 직장으로 책이 배송되는 시대에 말이죠. 제게 이곳에서의 매분 매시 매일은 약속과 다르지 않습니다. 그러니까 이 책은 여기 시집서점 위트 앤 시니컬이, 당신 덕분에 잘 있었다는, 잘 있을 거라는 안부 같은 거라고 생각해요. 그것만으로 울퉁불퉁한 이 글들을 책으로 묶어낼 이유가 충분하다고 믿고 있습니다.

위트 앤 시니컬
유희왕*님의 번창을 기원해요
결코 계산될 수 없는 시와
나머지가 생기는 오후가 있는 곳

위트 앤 시니컬에서 사용하는 나무 계산기 뒷면에 적혀 있는 문구입니다. 그 흔한 퍼센트 버튼 하나 없는, 그리하여 심심할 때 몇 번 눌러보고 그만인 '애물愛物'을 선물하고 글까지 적어준 사람은 서윤후 시인입니다(하여간 시인들이란). 위트 앤 시니컬이 정말 이런 곳이 되기를 바라 마지않았습니다. 하지만 지난 시간이란 주머니를 뒤져보면 "나머지"를 얻은 것은 제 쪽이네요. 수많은 이들에게 제가 건넨

---

* 서점지기 유희경 시인의 별명. 공모를 통해 얻게 되었다. 신미나 시인이 당첨자이다.

것은 시집뿐이지만 저는 늘 책값 이상의 것을 받아왔습니다. 선물이거나 간식, 더러 편지일 때도 있는 이것들은 결국 이야기였습니다. 책을, 사람을 믿고 세계를 아끼고 보듬을 준비가 되어 있는 이들의 것이었지요. 거의 매일 밤 저는 서점에 남아 그 이야기들을 펼쳐봅니다. 많이 웃고 가끔 울기도 합니다. 덕분에 막차를 놓칠 때까지 오도카니 남은 적도 많습니다. 그러니, 위트 앤 시니컬에 빼곡한 것은 시집뿐이 아닙니다. 그러니, 함부로 손을 댈 수가 없습니다. 닦아주고 먼지를 털어주고 그러다가, 이따금 하나씩 꺼내 꼬옥 안아주곤 할 뿐이지요. 더는 찾아오지 않는, 여전히 찾아오는, 앞으로 찾아올 이들에게 여전히 세상 어딘가에 하나쯤, 이 되고 싶습니다. 두고두고, 당신이 두고 간 이야기들을 읽을 수 있도록 말이에요.

『세상 어딘가에 하나쯤』 속 글들은 월간 〈채널예스〉를 비롯한 여러 잡지에 발표한 글과 위트 앤 시니컬의 블로그에 적은 글을 한데 모으고 정리한 것들입니다. 대체로 2018년 이후의 일들이 모여 있습니다. 제법 오래 매만지고 보탠 글들이지만 성에 차지는 않습니다. 다 다룰 수가 없기 때문입니다. 떠오르는 이름들이 너무 많기 때문입니다. 다 적지 못해 아쉽지만, 또 기회가 있을 거라고 생각합니다. 운이 좋다면 말이에요.

서문을 마무리하려는 꽤 늦은 시간에도 서점에 찾아와 책을 찾는 독자들이 있습니다. 원하는 시집을 찾아 건넬 때, 환해지는 그들의 낯은 아무리 보아도 질리지 않는 기쁨입니다. 부지런히 서점 문을 열고 오늘이 내일로 이어지도록 노력하는 이유이기도 합니다. 약속해주셔서 고맙습니다. 앞으로도 지키도록, 노력하겠습니다.

항상 물심양면 도와주는 시인들, 친구들, 달 출판사와 편집자 선주님에게 각별한 인사를 전하며.

위트 앤 시니컬에서
유희경

서점의 불을 켜며

세상 어딘가에 하나쯤,
당신의 서점에서 _4

1부
그럼, 좋아하는 일을 하러 서점에 가볼까요

2부
서점에 누가 있었던 것만 같아요

3부
**날이 너무 좋아요,
서점 안에만 있기 답답하시겠어요**

4부
그럼에도, 서점이라는 일이지요

서점의 불을 끄며

1부

그럼, 좋아하는 일을 하러 서점에 가볼까요

비,
한 사람 혹은
여러 사람의 이야기

정오 부근 비가 왔다.
수국은 하루 만에 시들어버렸고
아무 일 없는 사람은 없다.

비가 오려나, 하는 기대로 창밖을 본다. 순식간에 깜깜해지더니, 몇몇 이마를 가리고 뛰어간다. 서점 앞에 내놓은 입간판을 거두러 바깥에 나갔을 땐 이미 빗방울이 굵다. 금세 젖은 어깨를 털어내고 자리에 돌아와 빗소리를 듣는다. 무언가 타는 소리 같고 그러니 탄내가 나는 것도 같지만, 지금은 비가 내리는 중. 창밖 모든 것이 젖어가고 있다. 어느새 서점 처마 아래 고등학생 셋이 어깨를 맞대고 서 있다. 안으로 들어오라고 해도 고개를 젓는다. 뭐가 그리 즐거운지 연신 웃음을 터뜨리는 아이들의 교복에서 나는 나의 어린 시절 냄새를 맡는다. 더는 권하지 않고 서점 안으로 들어온다. 문에 달린 작은 종이 딸랑, 하고 운다.

　내가 지키고 있는 곳은 혜화동의 동양서림. 서울에서 가장 오래된 서점이다. 1953년에 문을 열었다고 하니 내 어머니보다도 나이가 많은 셈이다. 한국에서, 그것도 서점이 이만큼의 시간을 쌓아올렸다는 것은 기적에 가까운 일이라고 생각하고 있다. 아닌 게 아니라, 참 빨리 부수고 없애고 새로 짓는 것이 한국이라는 나라이며, 서울이라는 도시. 물론 이 서점도 원래의 모습 그대로를 지키고 있는 것은 아니다. 2018년 12월에 내부를 수리했다. 그리고 그 시기에 맞춰서 나의 서점이 동양서림의 2층으로 이사해 왔다.

내가 운영하는 서점의 이름은 위트 앤 시니컬. 시집만을 취급하는 시집서점이다. 2016년 7월 '이대 앞'이라 불리는 신촌 기차역 부근에 처음 문을 열었더랬다. 이러저러한 행사들을 유치하려면 그만한 공간이 필요한데 자본은 없고 자본이 있다 해도 평소엔 그렇게 넓을 필요가 없으니, 커피숍 한구석을 얻어 시작했다. 흔히 '숍인숍shop in shop'이라 불리는 형태다. 우여곡절이 많았으나 그만큼의 도움이 있어 잘 운영해나갔지만, 커피숍 사정이 어려워지는 바람에 함께 있던 내 서점도 이사를 해야 했다. 그때 만난 사람이 동양서림 최소영 대표이다. 혜화동 로터리. 차량도 사람도 빙글빙글 돌며 제자리를 찾아가는 이곳에서 1953년부터 지금에 이르기까지 같은 자리를 지켜온 서점의 3대 서점지기. 그의 고민은 갈수록 줄어가는 독자 수와 매출액

에만 닿아 있는 게 아니었다 한다. 창밖 풍경을 등지고 자리에 앉아 누군가 찾아오기만을 기다리는 데에서 찾아오는 지침을 이제 그만하고 싶었다고 했다. 그러니까 당장 그에게 필요한 것은 전환轉換. 빙글빙글 돌아가는 일상의 위치를 바꾸는 것이었다. '다른' 환경이 필요한 사람과 '다른' 장소가 필요한 두 사람이 함께하기로 합의를 하는 데에는 채 한 시간도 걸리지 않았다. 원래는 전혀 다른 논의를 위해 마주앉은 거였지만, 그리하여 칼국수를 나누는 자리였지만, 그런 게 무슨 상관이겠어. 그리하여 현재 1층은 동양서림, 2층은 시집서점 위트 앤 시니컬. 두 서점은 통통 소리를 내는 좁다란 나선계단으로 연결되어 있다.

나는 2층 내 서점에 머무는 것을 가장 좋아한다. 하나부터 열까지 내가 좋아하는 것들이거나, 내가 좋아하는 사람들이 좋아하는 것들로 채워져 있으니까. 나는 그것들이 잘 보이는 자리에 앉아서 쓰고 읽고 딴생각 딴짓을 하다가 이따금 졸기도 한다. 그렇지만 1층 동양서림을 지키는 것도 그에 못지않게 즐거운 일이다. 이유야 많지만 단하나만 꼽으라면 로터리와 면해 있는 커다란 창문 때문이다. 거리가 훤히 내다보이는 저 창문 위로는 구름이 나타났다 떠내려가 사라지고 새잎이 태어나고 낙엽이 떨어지고 때로 눈이 내리거나 지금처럼 비가 온다. 이러저러한 사정으로 1층에 내려와 동양서림의 계산대를 지켜야 할 때 나는 모든 것을 그만두고 창밖을 본다. 매일매일의 계절 매일매일의 날씨 속을 걸어가는 매일매일의 사람들. 많은 것들이 반복되는 듯하지만, 조금만 유심히 살피면 무엇 하나 같은 게 없이 매번 다르다. 오늘의 빗소리만 해도 며칠 전 비와 달라서 보다 순하고 더 축축하다. 오래 있다 보면 소리만으로 그런 것을 알 수 있다. 사박사박 틱틱틱. 용기도 목적도 없이 내리는 비. 가볍게 더 가볍게 그러니 비여서 사방을 적시며.

비가 오는 날의 서점에는 많은 독자들이 찾아온다. 무거운 구름과 눅직한 습기가 사람들 마음에 읽기에 대한 향수를 불러오기라도 하는 것일까. 때로 익숙한 얼굴이 찾아오면 비 오는 날 서점을 찾는 이유에 대해 물어보기도 하지만, 막상 그들도 왜 하필 번거로움을 무릅쓰고 이곳을 찾아오는지 모르고 있다. 그러니 나도 알 필요가 없지 않을까 생각한다. 그냥 비 오는 날을 좋아하면 된다. 나를 가만히 혼자 두는 이 날씨를. 그리하여 묵묵하게 생각하고 기다리고 마음 접을 수 있는 이 날씨를. 시를 읽는 독자들이 많이 찾아오는 이러한 날씨를.

금방 비가 그쳐버렸다. 구름 사이사이로 부챗살의 형태로 볕이 퍼져가고, 여전히 혜화동 로터리를 돌아드는 자동차들 그리고 사람들, 사람들. 벌써 몇몇은 우산을 접고 걸어간다. 우산을 쓰고 있는 사람들은 서로에게 집중하고 있는 연인들뿐이다. 어느새 처마 아래 아이들은 사라져버렸고.

종이 딸랑, 하고 울린다. 한 권의 책을 찾아온 사람이겠지. 그는 한 사람의 이야기이기도 하다. 기쁜 마음으로, 그를 펼쳐 읽는 마음으로 맞이할 것이다.

나선계단,
이야기가 쌓여가는
방식

나선계단을 밟아 올라올 때
마침내 서가 앞에 당도하여
생각해두었던 시집을 펼쳐들 때
그들은 완전해 보이기까지 한다.
나는 그들을 위해 음악을 바꾸고
볼륨을 조절하고 조명을 낮춘다.
아무것도 그들을 성가시게 해서는 안 되니까.

위트 앤 시니컬에는 문이 없다. 바닥에 커다란 구멍이 뚫려 있고 1층에 있는 동양서림으로 이어지는 나선계단이나 있을 뿐이다. 그러니 닫을 수도 열 수도 없고 혼자 있고 싶을 때에도 혼자 있을 수 있는 방법이 없다. 모름지기 상점이라면 문이 있어야지. 문이 없다면 그것을 상점이라고 할 수 있을까. 그리 집착할 문제가 아닐지도 모르는데, 상상조차 해본 적 없으니 어떻게든 문을 만들어보려고 했다. 그러려면 나선계단을 없애야 했다. 거의 모두가 반대했다. 누구는 갖고 싶어도 못 갖는 게 나선계단인데 그걸 돈 들여 없앤다고요? 그리고 새 계단을 만들고요? 출판사를 운영하는 친구가 혀를 찼다. 나라면 그 계단을 내세우겠어요.

2018년 봄과 여름의 사이. 나는 나선계단을 발견했다. 그리고 물었다. 이 계단은 무엇인가요? 그 질문을 던진 순간 모든 것이 바뀌었다. 그러니까 그 질문은 마법의 주문이었고 다음 스테이지로 넘어가는 결정적 한 방이었다. 물론 당시엔 몰랐다. 그저 지쳐 있을 뿐이었다.

처음 문을 연 신촌에서의 위트 앤 시니컬은 카페와 공간을 나누어 쓰는 구조로 되어 있었다. 임대료가 절약되고, 콘텐츠가 다양해지며, 필요할 때는 넓게 쓸 수 있어 좋았다. 물론 치명적인 단점이 있었는데 어느 한쪽이 어려워지면 둘 다 운영할 수 없게 된다는 것이다. 카페의 폐업 결정은 서점의 존폐의 기로와 직결되었고, 어떻게든 이전을 해내야 하는 상황이 되었다. 벌어둔 돈도 마땅한 공간도 없었다. 속이 바짝바짝 타들어갔다. 그때쯤 황인숙 시인이 찾아왔다. 친구가 서점을 운영하고 있는데, 혜화동 로터리에 동양서림이라고 아니? 그 오래된 서점을 모를 리 없었다. 한두 번쯤 이용한 기억도 있었다. 친구가 서점 내부를 바꾸고 싶대. 네가 와서 조언을 해줬으면 해. 당장 내 발등의 불도 끄지 못하는 판국이다. 썩 내키지 않았다. 하지만 황인숙 시인이 무언가를 부탁하면 거절할 방법이 없다. 그를 너무 좋아하니까.

막막한 기분으로 동양서림의 이곳저곳을 둘러보던 나는 나선계단 앞에 섰다. 그 위는 창고로 쓰고 있어요. 좀 지저분하지만 둘러보실래요? 익숙한 동작으로 앞서 오르는 최소영 대표를 조심조심 따랐다. 노란 전구등이 내부를 침침하게 밝히고 있었다. 사면의 책장을 빼곡하게 채우고 있는 오래된 책들. 그 위를 뒤덮고 있는 먼지들. 단숨에 알아볼 수 있었다. 여기다. 여기가 위트 앤 시니컬의 새로운 자리다. 팔짱을 끼고 계단참에 기댄 채 대강의 넓이를 계산하면서 머릿속으로는 책장과 책상을 들이고 시집을 꽂고 손님을 맞이하고 있었던 것이다.

우선 식사나 하자고 찾아간 칼국수집에서 대뜸 나는, 동양서림에서의 시집 매출분이 얼마나 되는지 물었다. 최소영 대표가 웃었다. 거의 없지요. 그러면, 나는 숨을 한 번 삼키고 말했다. 위트 앤 시니컬이 2층에 세 들면 어떨까요. 나는 국수가 불어가는 것도 잊고, 마치 준비를 한 사람처럼 떠들었다. 번갈아 가게를 돌보면 인건비도 줄어들 테고, 외로울 것도 없다. 어쩌면 운영에도 도움이 될지도 모른다. 위트 앤 시니컬 독자들은 문학, 인문학을 좋아하는 젊은 사람들이니까 기존 동양서림 독자층과 겹치지 않을 것이다. 등등.

하지만 정작 결정을 한 뒤에는 나선계단이 방해물처럼 여겨지기 시작했다. 오르내리는 데 있어 용이하지 않을 뿐 아니라, 오고 가기 위해 뚫어놓은 구멍이 2층 바닥의 꽤 넓은 부분을 차지했기 때문이다. 가뜩이나 좁은데, 그만큼의 공간을 사용하지 못하면 손해가 적지 않다. 모눈종이를 사다가 새로운 계단을 설계했다. 위층도 아래층도 공간 손해를 최소로 하는 좁고 평범한 계단이었다. 긴 시간 내 설명을 들은 설계 소장님은 (그는 내가 그린 도면이 무척 상세하다고 칭찬했지만 결국 알아보지 못했다) 못 할 건 없지만 굳이 그럴 필요가 있느냐고 되물었다. 비용이고 실리고를 떠나서, 나선계단 멋지지 않아요? 다들 똑같은 소리뿐이었다. 나는 투덜거리면서 나선계단을 두기로 마음먹었다. '어쨌든 나선계단이잖아!'는 어쩐지 '어쨌든 시집서점이잖아!'와 닮은 구석이 있었기 때문이다. 설계 소장님은 나를 달래며 말했다. 공사가 끝나면 무척 좋아하게 될 거예요.

은색 계단을 검은색으로 칠하고 계단이 되는 발판에는 모양에 맞게 나무를 재단해 붙이고 바닥 구멍을 둘러 나무 기둥을 세워 하얗게 칠하고 바를 둘러 둘러앉을 수 있게 하고 한쪽 끝에는 위트 앤 시니컬 로고를 붙여 간판처럼 기능할 수 있게 하고 포인트 조명을 달아놓고⋯⋯. 아니 이렇게 되면 사랑에 빠질 수밖에 없지 않나.

나선계단을 따라, 시와 시를 좋아하는 사람들의 이야기가 쌓여가고 있다. 삐걱삐걱 소리를 내면서. 어떤 사람은 무심히 올라와 무심히 내려가고 어떤 이는 올라와 내려갈 생각도 없이 감탄을 연발하는가 하면, 씩씩하게 올라와 쭈뼛쭈뼛하다 내려가는 이도 있다. 모두 시가 이야기를 쌓아가는 방식과 닮아 있다. 계단을 오를 수 없어 물끄러미 바라보던 사람도 있다. 그는 목발을 짚고 와 계단 앞을 서성였다. 저는 올라갈 수 없겠지요. 저랑 같이 올라가요. 제가 잡아드릴게요. 그는 나의 어깨를 잡고 두 칸쯤 올라섰다가 고개를 저었다. 물론 모두를 만족시킬 수는 없지만. 그래도. 그렇대도.

여전히 많은 사람들이 나선계단을 좋아한다. 그리고 나는 그들 중 한 사람이다. 누가 계단을 올라올 때, 그가 정수리부터 얼굴, 가슴과 허리 순으로 나타나 마침내 시를 좋아하는 독자의 온전한 모습을 드러낼 때 여전히 나는 세상에 없는 신비를 목도한 기분에 사로잡힌다. 그 기분은 찾아올 때와 반대의 순으로 그가 사라져갈 때에도 마찬가지다. 그리하여 나선계단이 있다면 문 따위는 아예 없어도 된다 확신하게 되는 것이다. 간절히 바라는 것은 계단에서 데구르르 구르는 것은 나뿐이기를. 그것뿐이다.

풍경風磬,
더없이 한가로운 풍경風景

사람들이 낭독을 할 때마다 작게 풍경이 운다.
듣기가 너무 좋다.
나보다 더 이 서점을 좋아하는 사람들이
소리 내어 읽고 있다.

풍경을 선물 받았다. 바람 앞에 두어야 할 물건이다. 사방이 막힌 실내라 걸어둘 곳이 마땅치 않다. 고민하다가 에어컨 앞에 달아놓았다. 바람의 양도 방향도 일정한 만큼 너무 자주 울릴지 모르겠다 걱정했는데, 우려와 달리 흔들림의 정도가 매번 다른 모양이다. 잠잠하다가 생각지 못할 때 한 번, 이따금 두 번 운다. 느리고 작은 종소리는 참 깨끗하다. 방금 또 딸랑, 하고 울었다. 나는 일을 멈추고 턱을 괸 채 다시 한번 소리를 기다린다. 그 소리가 내 작은 시집서점을 구석구석 말끔히 닦아주기 바라면서.

계단을 따라 올라오는 소리가 들린다. 가끔 찾아와 오래 머물러주는 사람의 것이었다. 가볍게 눈인사를 나누고 나서 그는 시집 속으로 빨려들어간다. 시집을 고르는 이의 뒷모습은 따뜻하다. 나는 그 온도를 좋아한다. 좋은 시 한 편을 눈에 담을 때, 그 순간의 것과 닮았다고 생각한다. 그가 어떤 시집을 책장에서 집어들고 도로 놓는지 흥미롭게 지켜보다가 다시 하고 있던 나의 일로 돌아간다.

서점에는 많은 일이 있다. 접고 자르고 그리고 붙이고 입력하는 일만으로 하루가 간다. 언젠가 반나절 동안 곁에 앉아 내 일을 지켜보던 친구는 이건 가내수공업이잖아, 라고 했다. 청소를 마치고 커피를 내린 다음, 종일 독자를 기다리며 책을 읽는 게 서점지기의 일 아니었나. 아니었다. 나도 몰랐지. 그래서 싫거나 힘든 거냐고? 아니. 단번에 고개를 저을 수 있다. 같은 일도 매번 새로울 수 있더라. 무엇보다 이렇게 작고 번잡스러운 서점 살림이 내 적성에 맞아.

처음엔 적성 같은 것은 생각할 수 없게 바빴다. 이것을 해놓으면 저것이 문제되고 저 문제를 해결하면 다음이 생기는 통에 서점이 제대로 운영되고 있는 것인지, 현재 내 삶의 모양은 어떠한지 등의 고민은 엄두도 내지 못했던 것이다. 이 일이 얼마나 소중한지 내가 얼마나 즐겁게 살아가고 있었는지 깨우치게 된 건 2년 3개월의 신촌 생활이 마무리되어갈 즈음이었다. 오갈 곳이 없어져 서점의 존폐가 걸린 그 막막한 상황에서 나는 내가 슬픔보다 두려움을 느끼고 있다는 것을 알았다. 정체를 알 수 없는 힘이 내게서 이 기쁨을 빼앗아버릴지도 모른다는 것, 그리하여 내가 다시 그전의 생활로 돌아가야 할지도 모른다는 것이 주는 공포는 두 번 다시 겪고 싶지 않은 깜깜함이다.

고르기를 마친 모양이다. 내민 시집을 계산하고 있는데 불쑥, 저녁식사는 어떻게 하냐고 묻는다. 갑작스러운 질문에 다시 웃음으로 대답을 얼버무린다. 제가 좋아하는 만둣집이 이 근처에 있는데, 하더니 가방을 열어 검은 비닐봉지를 꺼낸다. 더운 만두 냄새가 훅 끼쳐온다. 드시라고 하나 포장해 왔어요. 봉투를 받아들며 당황한다. 매번 이럴 때는 어떤 표정을 지으며 무슨 말을 하고 행동해야 하는지 모르겠다. 고작, 저도 만두 좋아해요 하고 우물거렸다. 독자는 계단을 또박또박 걸어내려가고 있다. 던지듯 급히 전한 감사 인사는 닿지도 못하고 데굴데굴 굴러가버린 모양이다. 독자 역시, 이 상황이 어색했을 거다. 나만큼이나.

나선계단은 위트 앤 시니컬이 세상과 연결되는 유일한 방식이다. 독자들이 한 칸 한 칸 올라설 때마다 삐걱거리는 소리에 풍경 소리가, 하나 더 더해졌다. 어쩐지 계단도, 계단을 따라 올라오는 소리도, 느닷없는 풍경 소리도 시가 하는 일과 닮았구나 생각해본다.

나는 만두 냄새를 맡으면서 저것을 어디서 먹어야 하나

고민하고 있다. 서점에는 책 냄새만 있으면 좋겠다. 딸랑, 랑. 이번엔 한 번 반 우는 풍경과 가시지 않는 만두 냄새와 서점. 어쩐지 서로 하나 어울림이 없는데 빠짐없이 내가 좋아하는 것들이구나. 나는 이것 또한 시와 같다고 우기고 싶다. 할일이 가득이지만, 제법 한가로운 풍경이다.

소리,
서점에 살고 있는

기어코 소리가 되는 순간처럼
우연함과 느닷없음이 마침내 무엇이 되는 것.
그들에게 그런 일이 생기려는 것이다.

아침 서점에는 아무 소리도 없다. 아무 소리도 없는 중에 나는 잠시 서서 귀기울이기를 좋아한다. 아침 빛은 늘선하며 조금은 어둑하고 시집들은 모여 서서 가만한 중이다. 내가 들으려는 것은 그런 것이다. 오직 책만이, 책으로가득한 공간만이 가지고 있는 비밀스러운 고요. 그럴 때면 이곳은 나의 서점이 아니고, 나는 어떤 곤한 잠을 깨울까 두려운 이방인이 된다.

그렇다면, 전구마다 불을 밝히고 커피를 내리는 것은 그잠을 슬쩍 흔들어 깨우는 일일 것이다. 그런 다음 나는 작게 음악을 켜둔다. 그것은 무례하지 않으려는 노력이다. 그때쯤 오전의 빛은 가늘어지고 나란히 꽂혀 있는 시집들의책등은 환해지기 시작한다. 마침내 서점은 서점이 되려는준비를 마치는 것이다. 기지개를 켜고 긴 하품을 하듯이.나는 또 그런 서점이 예쁘고.

별로 바쁜 일이 없다면, 나는 연필을 두 자루 꺼낸다. 연필깎이도 있지만, 볼품없는 솜씨로 연필과 칼을 쥐어보는 것은 순전히 소리 덕분이다. 코팅된 부분을 지나 나무를 거쳐 흑심에 닿을 때 들리는 작고 부드러운 소리만큼 마음을 가라앉히는 것이 또 있으려나. 그렇게 수차례 돌려가며 깎아내면 분주함으로 울퉁불퉁해진 마음이 매끈해지고 무뎌진 집중력이 잠시나마 돌아오는 기분에 사로잡히곤 한다. 어쩌면 나는 연필을 깎기 위해, 깎을 때 들을 수 있는 사각거리는 소리를 얻기 위해 매일같이 연필을 쓰고 있는지도 모른다.

연필 두 자루를 모두 깎아내고 그 때문에 생겨난 나뭇조각과 흑심의 가루들을 털어낼 때쯤, 운이 좋다면 누가 나선계단을 밟고 올라오기도 할 것이다. 이곳, 시집서점을 방문하려면 삐걱이는 기척을 내지 않을 수 없다. 제아무리 조심한다 해도 저 나선계단은 소리를 감추지 않는다. 삐걱삐걱. 소리가 점점 더 가까워지면 나는 자세를 바로 하고 그가 누구든, 단골 독자이든 난생처음 만나는 누군가이든 관계없이 계단 위로 떠오르는 그 얼굴을 기꺼이 반길 준비를 마치는 것이다.

책을 읽는 사람은 책과의 말없는 대화에 몰두하는 존재이다. 그들은 책장 앞에서 잠시 사라져버린다. 오직 책의 세계에 자신의 전 존재를 위탁하기 때문에. 현실의 감각은 닫히고 텍스트가 인도하는 책 속의 세계에 깊이깊이 파묻히고 만다. 그런 순간은 아무도 방해해선 안 된다. 나는 그를 내버려두고 나의 책상 위에 전념하며 누군가 서점에 있다는 사실을, 그가 책장 앞에 서서 책을 읽고 있었다는 사실을 잊기도 한다. 그러다 가볍게 책장이 넘어가는 소리에 혹은 책장에 다시 책을 꽂아넣는 소리에 퍼뜩 깨닫곤 하는 것이다. 아 그래, 누가 있었지 하고 생각하면 어딘가 조금 따뜻해지는 것 같다. 시를 읽는 방식으로 잠시 어딘가에 다녀온 사람을 마중하는 것 같아서.

찾아왔던 독자들이 모두 돌아가고 문을 닫아야 하는 밤이 찾아오면 나는 조명을 낮추고 음악을 끈다. 주저하듯 책장 앞에 머물렀던 사람들의 시간이 천천히 가라앉기 시작한다. 이제는 나와 서점, 둘만의 시간이다. 판매된 시집의 내역을 뽑아 제법 닳아버린 연필로 그것을 하나하나 표시한다. 빈 공간에 책을 꽂고 흐트러진 대열을 정리한다. 청소기를 돌리고 걸레질을 하고 사용했던 컵을 설거지하면서 이 자그마한 소란이 나의 하루는 아닐까, 나와 내서점이 살아온 하루치 감정과 생각 그리고 한 일이 아닐까 생각한다. 그러자면 고단했구나. 오늘도 조금은 슬프게 그래도 나쁘지는 않게 노곤해지는 것이다. 이제는 모든 불을 끌 시간. 오늘의 시집이 어제의 시집이 되고 내일의 시집으로 되어가는 그런 시간. 마침내 완전히 깜깜해진 서점에 나는 또 한참 서서 귀를 기울인다. 아무 소리도 들리지 않기를 기다리면서.

조명,
느릿하고 부드러운

밤이다.
밤에는 기분이 좋아, 라고
할 수는 없지만 밤은 좋은 것이다.
도시에서 밤다운 밤을 찾으려면
꽤나 깊숙한 골목으로 접어들어야 한다.
아니면 서점에 있거나.
나는 지금 조명을 꺼두었고 이곳은 밤다운 밤.
번뇌투성이 서점이어도
버티고 있길 잘했다고 생각하는
유일한 시간.

장롱 속에 있길 좋아했다. 작은 몸을 더 작게 만들어 장롱 속으로 들어간다. 이리저리 몸을 뒤척여 가장 편안한 자리를 만든다. 아빠의 넥타이를 잡아당겨, 착 소리가 나도록 문을 닫는다. 그러면 눈을 떴는지 감았는지도 알 수 없는 완전한 깜깜함. 희미한 나프탈렌 냄새. 가만히 귀를 기울이면, 참 멀게 들리는 엄마의 기척. 발로 톡 차기만 하면 세계는 다시 열릴 것이었으므로 무서울 것도 불안할 것도 없었다. 그런 채로 기다렸다. 누가 나를 찾아주었으면. 여기 있구나! 외치고 하하하, 웃어주기를. 기다리다가 깜빡 잠이 들기도 했다. 장롱 속. 내 작은 세계. 나만 알고 있는 비밀. 나만이 아니라 대부분의 사람들이 이와 같은 경험을, 장롱 속의 추억을 가지고 있다는 사실은 나중에야 알았고 나는 그것이 무척이나 섭섭했다.

한밤의 서점은 장롱 속을 닮았다. 찾아왔던 이들의 온기가 완전히 사그라들고 오직 나만 남았을 때 나는, 서점의 조명을 아예 꺼버리거나 최소한만 남겨둔다. 서점의 고요는 책들이 내는 소리와 같다. 무언가 빨려들어가는 듯한, 아니 빨려들어가다가 멈춘 듯한 조용함. 그러므로 애써 들으려 하면 무언가 들릴 것도 같은데 실은 아무것도 들리지 않는다. 이상한 말이지만, 나는 그 '소리'를 '지켜본다'. 보고 있는 것만 같다. 턱을 괴고 앉아서 우두커니. 아무 생각도 하지 않고. 간신히 숨만 쉬면서. 지루한 줄도 모른다. 책들이 내는 소리는 사람의 마음을 정말 편안하게 만든다. 늦은 시간 자꾸 캔맥주를 따게 되는 것은 이 탓일지도 모른다. 무엇이든 핑계를 만들어서 조금 더 있고 싶은 것이다.

본디 창고였던 자리를 고쳐 서점을 들인 만큼 위트 앤 시니컬에는 볕이 잘 들지 않는다. 설령 잘 들었다 해도 여러 방법으로 볕을 차단했어야 했을 것이다. 책표지는 직사광선에 취약하다. 신촌 시절 한쪽 면을 가득 메운 유리창은 탁 트여 좋은 대신 너무 환한 빛이 들어 책표지를 금방 상하게 했다. 애를 쓰는 마음으로 블라인드를 달아놓기도 했으나, 며칠 서점을 비우거나 하면 어김없이 바래버린 시집이 생겨났다. 일단 그런 염려는 사라진 셈이었다. 구름 구경, 하늘 구경을 할 수 있는 창문을 잃은 것은 안타까웠지만 얻은 게 아예 없는 것은 아니니까.

나선계단을 따라 올라가면 드러나는 어둑어둑한 2층. 누구나 다락을 떠올릴 수밖에 없다. 먼지로 뒤덮인 이야기들. 보물이라 불리기에 손색이 없는 골동품들이 있는 곳. 하지만 나는 장롱 안을 떠올렸다. 그 속의 아늑함을 닮을 수 있다면. 그러나 서점은 깜깜할 수도 없고 나프탈렌 냄새를 풍길 수도 없다. 대신 전기 레일을 깔고 노란 등을 달았다. 모든 것을 선명하게 만드는 하얀빛은 서점과는 어울리지 않는다고 생각했으므로.

전기 레일의 장점 중 하나는, 내가 원하는 만큼의 전등을 달 수 있다는 것이다. 장롱 안의 느낌을 구현하겠다는 나의 의지를 서너 개 조명을 다는 것으로 실현해보았다. 매니저 경화는 고개를 가로저었다. 이건 아닌 것 같아요. 다락이나 장롱이라기보다 지하 묘지에 더 가깝지 않겠어요? 책 고를 때 뭐 그렇게 밝은 조명이 필요하담. 선뜻 내키지는 않았지만 카타콤은 곤란하지. 한 개를 더 달고 두 개를 더 달고 그리하여 어느 정도 밝은 조도가 되었을 때 매니저 경화는 엄지와 검지를 동그란 모양으로 붙이며 고개를 끄덕였다. 좌우간 당초 나의 계획보다는 더 환해진 서점을 보면서 그래도 내 자리만큼은 양보할 수 없다고 다짐했다. 단 하나의 조명도 달지 않을 테야.

나는 밤의 서점만큼, 이른 아침의 서점도 좋아한다. 옥외의 푸르스름한 빛이 어둠과 섞여 서늘한 서점의 실내를 더욱더 쓸쓸하게 만든다. 그것은 누군가의 아침잠 같은 것이다. 나는 서점의 잠을 깨우지 않기 위해 깨금발로 걷는 기분이 된다. 되도록 천천히 움직이기. 커피머신을 켜고 음악을 플레이하고 되도록 천천히 조명을 켜기. 가끔 나는 아무것도 하지 않은 채 가만히 앉아 있기도 한다. 시집들이 깨어나는 기척이 들릴 것만 같고 물론 그런 일은 일어나지 않지만, 어차피 아침에는 손님도 없는걸. 지루해질 때까지 기다릴 수 있어.

행사 등을 위해 서점 공간을 넓히면서 그쪽에는 디머 Dimmer를 두었다. 조광기라고도 하는, 빛의 밝기를 조정할 수 있는 장치다. 이래저래 돈이 더 들었지만, 그 공간에서는 낭독회가 있을 테니까. 시를 읽을 때의 조명은 간신하고 아슬아슬한 것일수록 좋다. 매니저 경화에게 물어볼 필요도 없을 만큼 확실하다. 이 점에 있어 양보할 생각은 조금도 없기 때문이기도 하다. 낭독회는 소리의 시간. 글자들이 조금씩 사라져 다른 몸을 갖는 시간. 그럼에도 빛이 있어야 하는 까닭은 사람은 빛을 통해 감각을 모으기 때문이다. 꼭 육안이 아니더라도, 그것이 심리적인 어떤 것일지라도.

이러한 사정으로 위트 앤 시니컬에는 네 종류의 빛이 산다. 아침의 서점 빛, 영업시간의 서점 빛, 낭독의 서점 빛, 그리고 밤의 서점 빛. 내가 좋아하는 빛은, 그때그때 다르다. 어제는 밤의 서점 빛을 사랑했으나 오늘 아침에는 아침의 서점 빛을 사랑하고 있다. 이러저러한 사정으로 한동안 보지 못했던 낭독의 서점 빛이 그리워 미칠 지경이다.

저녁을 먹으러 갔다 먼길을 돌아오던 길에 나는 나의 서점을 한눈에 알아본다. 다른 상점들과 달리 느릿하고 어둑한 빛이 번지고 있는, 거기가 나의 서점이다.

음악,
읽는 일과
듣는 마음

종일 한 곡만 반복해 듣고 있다.
아무도 불평하지 않는다.
사실 시작도 끝도 없는 음악이니까.
나는 음악에 대해 아무것도 모르지만
저 음악은 분명 '도'에서 시작해 '도'로 끝날 거다.

서점을 찾아오는 사람들을 유심히 관찰해보면, 열 중 일고여덟은 이어폰을 착용하고 있다는 것을 알게 된다. 그들은 그것을 마치 한몸인 것마냥, 좀처럼 빼내지 않는다. 외부로부터의 방해를 원치 않는가보다 싶긴 한데, 어쩔 수 없이 대화가 필요한 경우가 발생하면 참 곤란해진다. 물건을 떨어뜨리셨어요. 봉투 구매하세요? 영수증 드릴까요? 따위의 말들을 소리 높여 반복하다보면 왜 이렇게까지 해야 하나, 피곤한 것도 사실이다.

　궁금하기도 하다. 무엇을 저리 열심히 듣는 것일까. 대개 음악이겠지. 음악이 그리 좋은가. 나는 그것이 참 신기하다. 아닌 게 아니라, 어떤 음악을 좋아하느냐는 질문 앞에선 늘 고민하게 된다. 일단 음악을 좋아한다는 가정假定을 부정否定해도 되나 싶고, 그게 무례한 일이라면 어떤 장르를 말해야 하나 싶고, 뒤따라올 질문을 피할 수 있는 대답은 뭔가 싶고. 굳이 따지자면 나는 음향기기 쪽에 흥미를 갖는 편이다. 어떤 가수의 신보가 나왔는지보다 어떤 브랜드에서 새 헤드폰을 발표했는지를 더 잘 알고 있다고 할까. 그렇다고 내 인생 음악이 없진 않으나, 그만한 감동이 쉽게 찾아오지 않아서, 찾아온다고 듣고 또 듣는 편은 아니어서 그렇다.

그러면서도 서점에는 음악이 있어야 한다고 믿는다. 정확히는 서점 특유의 두꺼운 침묵을 어느 정도 덜어내야 할 필요가 있다고 생각한다. 책이란 물질은 한 권, 한 권 두툼한 조용함을 가지고 있다. 수사적인 표현이 아니다. 도서관에 가본 적이 있다면 무거운 침묵이 어떤 것인지 체감해보았을 것이다. 한껏 가라앉은, 오랜 세월 동안 쌓이고 쌓인 그 소리 없음은 어째서 발생하는 것일까. 습기를 빨아들이듯, 종이는 소리도 흡수하는 것일까. 알 수 없이, 그러한 중에는 그저 엄숙해지고 만다. 엄숙해져서 책에 집중하는 것은 좋겠으나, 누가 책을 사고 싶겠어. 그리하여 나는 음악 없는 서점을 상상해본 적 없는 사람처럼 서점 문을 연 첫날부터 지금에 이르기까지 서점 안 침묵을 음악으로 지워내고 있다.

관건은 음악의 톤 그리고 볼륨 조절이라고 생각해. 음악에 대한 편견은 없지만 시집서점에 맞아떨어지지 않는, 그런 음악이 분명 있다. 설명은 가능치 않다. 다만, 안으로,

안쪽으로 수그러드는 그런 음악이 마땅하다 여기고 있다. 그러니 내 취향 가지고는 부족하다. '집단지성'이라는 말이 있지 않던가. 시를 좋아하는 친구들에게 플레이리스트를 부탁한다. 단골인 사람들, 정아 씨에게도 유진 씨에게도 받았고 오은과 송승언처럼 자신만의 음악 취향이 분명한 시인들에게도 도움을 구했다. 무엇보다, 매니저 경화같이 서점에 달라붙어 사는 사람들의 취향이 중요하지. 다른 취향을 가진 사람들의 선택인데 모아놓고 들어보면 희한하게 고르다. 이곳에 어울릴 만한 것을 골라서가 아닐까요. 매니저 경화에게는 별로 신기하지 않은 모양이지만. 사람들이 생각하는 위트 앤 시니컬이 이런 분위기구나, 새삼 신기하다.

음악으로 알게 되는 다른 눈에 비친 시, 그들이 생각하는 위트 앤 시니컬의 분위기. 그런 음악에는 적절한 볼륨이 있다. 귀로 손끝으로 아는 정도의 크기. 누구도 방해하지 않으면서 분명히 거기 있는 그런 크기를 찾아 하루에도 몇 번씩 볼륨 버튼에 손을 대면서, 어제의 느낌과 오늘의 느낌이 어째서 다른지 역시 반복해 고민하게 되지.

플레이리스트에 대한 칭찬은 갖춰놓은 서적 목록에 대

한 칭찬만큼이나 기쁘다. 여기 찾아오는 사람들 취향이 서로 닮았다는 이야기가 되니까. 같은 이유로, 지금 나오고 있는 노래의 제목이 뭔가요, 하는 질문을 사랑한다. 문득 궁금해진다. 읽는 행위와 듣는 행위는 얼마나 가깝고 은밀할 것일까. 혼자 시집을 고르는 사람들의 귀에 몹시 높은 확률로 꽂혀 있는 이어폰 너머로는 들리지 않겠지. 음악과 음악 사이 찾아오는 서점 특유의 두께 있는 조용함도. 물론 그와 같은 완전한 혼자 역시 존중받아야 한다. 나 역시 그러함을 택할 때가 있으니까. 그러니 앞서의 투덜거림은 잊어주기를.

비가 올 때는 비의 음악을, 눈이 올 때는 눈의 음악*을, 낙엽이 떨어질 때는 낙엽의 음악, 아끼는 뮤지션이나 그룹을 추억하기 위해서 그들의 음악을 틀어놓는 일은 꽤 재미난 면도 있다. 슬쩍, 누군가 눈치를 채주었으면 하고 바랄 때도 있지만 대부분 모르고 만다. 음반점도 아니고, 으

---

* 한번은 송승언 시인에게 첫눈이 내리니 이에 걸맞은 음악을 하나 골라달라고 부탁한 적이 있다. 그는 디스코 음반을 골라주었다. 아마 쌓인 눈에 이리저리 미끄러지는 사람들을 생각한 거겠지. 아닐까. 이리저리 흔들리는 눈 내림 모양을 떠올린 것일까. 알 수 없지만, 요상한 오기로 그것을 틀어놓고 혼자 깔깔 웃은 적이 있다. 내가 이럴 것을 짐작해 고른 것이려나.

레 나오고 들리는 음악이라고 생각하는 것이겠지. 이따금 움찔움찔 몸을 움직이며 박자를 맞추고 있는 당신들. 내가 모른체하고 있지만 다 보고 있다고. 어떤 사람은 어떤 음악에 속울음을 울지도 모르지. 슬쩍 플레이리스트에 끼워둔 음악 중에 나의 슬픔 버튼을 누르는 음악이 있다. 그 음악이 나오면 나는 아무것도 하지 못한다. 혹시 누가 눈치챌까봐 책장으로 가서 책을 꽂는 시늉을 하거나 쾌활한 척 하하 웃기도 하지만.

그렇지만 서점 최고의 음악은 영업이 끝난 서점에서 혼자 듣는 음악이다. 떠나간 시집의 빈자리를 확인하고 재고를 찾아 넣을 때, 있는 대로 볼륨을 높여놓고 따라 노래를 부르면서, 가끔은 춤도 추면서 듣는 음악은 미안하지만 누구에게도 들려주고 싶지 않다. 내게도 비밀의 플레이리스트 하나쯤 있어야 하지 않겠나.

머그,
하루치의 다정에 대하여

감을 잃은 모양이지.
실은, 뭔가 하지 않은 게 있나
걱정을 하느라 시간을 보냈다.
그런 것은 없었으면서 삼십 분 가까이 멍하게 앉아서
커피나 홀짝대고 있었다.

처음으로 공간을 얻게 되면, 당신은 어떤 물건을 구매하려는지. 공간의 크기와 쓰임에 따라 다를 것이다. 냉장고나 세탁기류의 가전제품일 수도 있고 책상이나 침대 같은 가구가 될지도 모르고. 나의 경우엔 늘 머그를 산다. 처음 자취방을 얻었을 때도. 직장을 얻어 내 자리를 배정받았을 때도. 그리고 서점을 열었을 때에도 나는 머그를 샀다. 어떤 것은 버렸고 어떤 것은 깨뜨렸거나 잃어버렸고 지금껏 가지고 있는 것도 있지만, 적어도 그 공간에서는 그 공간을 위해 새로 구매한 머그만 사용한다. 의식이거나 강박이거나 그런 것은 아니다. 자연히 그렇게 된다. 자연히 그렇게 된 것이 의식이고 강박일까. 그럴 수도 있지만.

특별히 애호하는 색이나 형태가 있는 것은 아니다. 지금껏 소유했던 '내 컵'을 떠올려보면 뒤죽박죽이다. 구매처도 브랜드도 다르다. 설명하기 어렵다. 비싸다고 좋은 것이 아니며, 헐값이라고 싫은 것 역시 아니다. 단숨에 아, 이건 내 거야 싶은 것들이 있다. 마치 사랑에 빠진 것처럼. 아니지. 사랑은 어떤 확신도 주지 않으니까. 생각해보면 머그만큼 확신을 가지고 소유하는 존재가 또 없는 것 같다. 그런 까닭에 머그로 짐작되는 선물을 받으면 덜컥 겁이 나곤 한다. 두 개씩이나 필요하지 않은 게 머그니까. 그리고 한 번도 내가 고른 것보다 더 나은 것을 받아본 적이 없기도 하다. 그 어떤 것도 운명보다 힘이 센 것은 없지.

　서점을 운영하여 좋은 것 중 하나가 머그 선물을 부담스레 생각하지 않아도 된다는 것이며, 그것들을 두고 쓸 수 있다는 것이다. 어쨌든 손님은 오고, 그들이 한 사람씩 오는 것도 아니니까 머그컵 역시 다수여도 나쁠 것이 없다. 다만 나는 내 것만 쓴다. 하여 지금 쓰고 있는 것은 달 출판사의 편집자들이 선물한 것이다. 때마침 나는 마땅한 머그를 찾고 있었고, 단숨에 내 것임을 천명할 그런 것을 찾지 못해서 안달하고 있었다. 겉으로야 온갖 감사를 표하고 있었지만 큰 기대 없이 선물 포장을 뜯었을 때 거기 위트앤 시니컬 혜화 시절의 머그컵이 짠, 기다리고 있었던 것이다.

　서점의 한쪽 벽을 찬장으로 꾸미고 싶었다. 거기에 사람들이 자신의 컵을 놓아두길 바랐다. 내 컵이 있다는 것은 분명 소속감을 줄 테니까. 게으른 탓에, 컵이 가지고 있는 은밀함을 감당할 자신이 없었기 때문에, 없던 일처럼 흐지부지되어버렸지만 단골들의 머그가 모여 있는 장면과 그들이 자신의 컵을 꺼내 쓰고 잘 씻어 놓아두는 장면은 상상만으로도 근사하다. 물론 책임질 일은 적을수록 좋으며, 어떤 상상은 상상만으로 제 몫을 다하기도 한다. 벌써 몇 번이나 잔을 깨먹지 않았던가.

대신, 찾아와 머무는 독자들에게 종종 커피를 건네곤 한다. 시집과 머그는 정말 잘 어울리는 한쌍이다. 계절과 무관하게 뜨끈한 열에 두 손을 맡기면 차분해진다. 그러고 보니 나는 머그의 감촉을 중히 여기기도 하는 것이다. 의지와 달리 두루 손이 닿는 물건이니까. 그런 면에서 머그는 책과 참 닮았다. 오롯하게 손의 물건이 아닐 수 없는 것이다. 사람들이 머그를 양손에 쥐고 홀짝이면서 시집을 읽는 장면은 내가 시집서점을 운영하는 이유 중 하나가 된 지 오래다. 차든 커피든 머그 안에 든 것은 덤이지.

한번은 독자가 머그의 내력을 물은 적이 있다. 여러모로 마음에 드는데, 같은 것을 구해보고 싶다는 거였다. 선물 받은 것은 분명한데, 내가 구입한 것은 나의 머그뿐이니까, 누구에게 받았는지 언제부터 함께했는지 그런 것은 새까맣게 잊었다. 선물한 이에게 미안할 법도 한데, 되레 당당하게 이곳의 머그 중 출처가 분명한 것은 제 것뿐이에요, 라고 답하고 말았지. 저희 서점의 잔들은 거진 다 선물 받은 것이랍니다, 하고 애써 덧붙였다. 내어줄 수 없다는 의미이기도 했고, 서로가 서로의 것을 다정히, 따뜻한 온도로 보관하고 있다는 의미이기도 했다. 나는 그런 것이 더없이 좋다.

암만 생각해봐도 서점은 머그와 닮았다. 내 것도 네 것도 없이 다정한 의도로 나누어 쓰는 곳이다. 먼저 사용한 사람이 다음에 사용할 사람을 위해 정돈해놓고, 다음에 쓰는 사람은 먼저 쓴 사람이 되어서 마음을 덥히는 그런 곳이다. 그리하여 한데 모여 은은한 열을 내는 곳이기도 하다. 다소 억지스럽지만, 그런 생각을 좀처럼 지울 수가 없어서 벌떡 일어나 마시던 컵에 따뜻한 물을 담아 온다. 거기 오늘 찾아온 사람들의 면면이 찰랑거리고 있다. 이것이 내가 나의 잔을 소중히 여기듯, 나의 서점을 대하는 까닭이다. 매번 청소를 하고 시집을 들여놓고 새 시집을 주문하는 것은 그렇다면 설거지 같은 것이려나. 기꺼이 내어줄 준비를 하는 그런 마음.

퇴근 전에 오늘치 설거지를 하면서, 잔을 이용했던 사람들을 하나하나 떠올린다. 어떤 이는 잘 알고 더러는 이름도 알지 못한다. 나는 그들의 자국을 지우는 것이 아니라 새로운 자리를 만드는 중이다. 위트 앤 시니컬은 내일도 있을 테고, 내일은 내일의 독자가 찾아올 테니까. 조심조심 꼼꼼하게. 사실 나의 마음을 헹궈내는 일이기도 하다.

인형,
어쩌면 서점의 주인

인사를 전한 사람 둘.
그중 한 사람은 인형을 건네주었다.
머리를 만지면 행운이 찾아온다고 해서
로또를 생각하며 머리를 만져보았더니
배수연 시인이 들어왔다.
아― 했다.

위트 앤 시니컬에는 인형이 다섯. 아니 여섯. 곰이거나 기린이거나 알파카이거나 그림책 주인공 생쥐거나 작은 사기 목마이기도 하고. 대개 사랑을 받는다. 그 인형들이 사랑을 받는구나, 알게 되는 것은 그들의 자리가 바뀌었을 때. 평소 말이 없는 독자 A씨(나는 그의 이름을 모른다)가 주저주저 묻는다. 여기 있던 알파카 인형은 어디로 갔나요? 나는 일단 놀란다. 그의 목소리를 처음 듣는 것 같아서. 그리고 그와 나의 첫 대화 소재가 알파카 인형이어서. A씨는 알파카가 새로운 자리에 무사히 있다는 것을 직접 확인하고 나서야 만족한 표정으로 돌아갔다.

서점에는 알파카 인형이 두 개나 있고 하나는 커다란데 칠레에서 왔고 다른 하나는 자그마하고 신세계백화점에서 왔다. 커다란 아이를 선물해준 승재는 칠레로 여행을 갔다가 네루다의 집에 들렀으며 그곳에서 저 알파카 인형을 샀다 했다. 그 먼 곳의 시인의 집에서, 이곳을 생각한 것뿐 아니라 성인 손 서너 뼘은 족히 되는 크기의 인형을 무사히 데리고 왔다는 생각을 하면 뭉클해지지 않을 수 없다. 큰 알파카 인형은 늘 고개를 빳빳하게 들고 어딘가 아득한 곳을 보고 있다. 슬쩍 웃는 낯의 그 인형이 바라보는 곳이 칠레일 수도 있겠다는 생각을 나는 자주 한다. 작은 알파카는 아침달 손대표의 선물이다. 이 아이는 북슬북슬하고 엉덩이가 귀엽다. 금방이라도 짖을 것 같은 느낌이라서 안내판 위에 올려두었다. 두 인형은 아직 이름이 없다.

웅은, 우리 서점의 붙박이 중 유일하게 이름을 가진 하얀 곰 인형. 신촌에 막 문을 열었을 때 느닷없이 도착한 커다란 비닐봉투에 담겨 있었다. 구병모 소설가의 선물이다. 검은 뿔테 안경을 쓴 웅의 성은 그래서 구. 구웅은 보내준 사람과 꼭 빼닮았다. 웅은 등받이가 높은 의자에 앉아 있다가 창가 쪽으로 자리를 옮겼다가, 혜화에 와서는 이리저리 떠돌았다. 덕분에 사람 손을 많이 타서 흐물흐물해진 것도 같고 하얀 털이 꼬질꼬질해진 것도 같아서 세탁소에도 한 번 다녀왔다. 웅을 안고 세탁소까지 가는 길은 겸연쩍기도 하고 기분좋기도 했다. 아주 화창한 날이었지. 우리를 본 누군가는 납치해 가는 사람과 납치되어 가는 곰 인형을 상상했을지도 모른다. 세탁소 주인은 세탁중에 곰 인형 눈에 상처가 날 거라고 단정지었다. 자기 집 곰 인형을 빨아보아서 안다고. 세탁기 안에서 빙글빙글 돌다가 이리저리 부딪혀서 상처가 생길 것이 분명하다는 거였다. 나는 눈에 있어서는 무척 예민하기 때문에 다시 웅을 안고 돌아가고 싶었다. 세탁소에 다시 들렀을 때, 나는 웅을 찾아 눈부터 확인했다. 다행히 웅의 눈은 멀쩡하다. 새까만 눈으로 서점의 한구석을 가만히 응시하고 있다. 그의 침묵은 멋지고 부드럽다. 그런 침묵을 가지고 싶다.

알록달록한 기린 인형은 어떤가. 안미옥 시인이 선물해 준 기린 인형은 기린답게 목이 길다. 긴 목으로 서점 한가운데 낮은 책장 위에 서 있다. 나는 이 기린 인형이 나오는 시를 쓴 적이 있다. 기린 인형에게는 눈도 코도 없다. 폭신폭신한 재질이고 앞서 언급한 세 인형과 달리 털은 없다. 나는 안미옥의 시만큼 이 인형을 아끼고 아낀다. 그런데, 서점 한가운데에 서 있는 기린 인형이라니. 정말 잘 어울리지 않는가. 나는 앞으로도 기린 인형의 자리를 바꿔줄 생각이 없다. 기린 인형은 거기서, 시집을 살펴보는 사람들의 뒷모습을 물끄러미 들여다볼 것이다. 책이 떨어지거나 해도 놀라지 않고 그 자리에서. 어쩌면 기린 인형은 서점 내 모든 인형 중에 가장 수고로운 일을 맡고 있는지도 모른다. 그리하여 내가 불을 끄고 문을 잠근 늦은 밤이 찾아오면 긴 목을 내려놓고, 실제 기린과는 다르게, 쉬는 것일 지도 모른다. 작은 기척에도 잠에서 깨어날 준비를 하면서.

그렇다면 구석자리는 프레드릭 인형의 몫이다. 프레드릭은 레오 리오니의 그림책 주인공이다. 생쥐 시인. 아이들에게 사랑받는 게으른 생쥐. 그림책 속에서 프레드릭은 햇살을 모으고 낙엽의 노래를 듣고 긴 겨울에 지친 친구들에게 시를 낭독해준다. 그것은 기린 인형과 달리 반쯤 감긴 눈을 가지고 있다. 언제든 잠이 들 준비가 되어 있다는 듯. 아닌 게 아니라 나는 가끔 프레드릭이 잠들어 있는 것은 아닐까 확인한다. 인형은 잠이 들지 않지만 프레드릭이라면 그럴 수도 있겠다고 짐작하는 것이다. 확인만 하는 게 아니라 흔들어 깨우기도 한다. 이봐 프레드릭, 혹시 들려줄 수 있는 시가 없어? 그러곤 프레드릭의 목소리를 꾸며 대답해보기도 한다. 깨우지 마, 라든가 내가 준비하는 시는 말이야, 하고는 뒤를 잇지 못한다. 그렇게 간단히 시를 얻을 수 있으면 얼마나 좋겠어. 그래도 나는 포기하지 않고 자주 프레드릭을 깨우곤 하지. 그 부근에는 같은 프레드릭 인형이 하나 더 있다. 그 아이는 아예 잠들어버렸다. 위트 앤 시니컬 로고가 붙어 있는 작은 조명 기구 위에서. 그 아이는 절대 깨우지 않는다. 세상에 곤히 잠들어

좀처럼 깨지 않는 것도 하나쯤 있어야 하니까.

이 아이들 말고 위트 앤 시니컬에는 자금자금한 것들이 참 많다. 하나같이 내 친구들이 놓아준 것이다. 그나저나 왜 친구들은 이런 작은 것들, 어느 해변에서 주워 온 조개껍데기라든가, 움직이지 않는 양철 로봇이라든가, 얼굴이 그려진 귤 모양 양초, 표류하는 사내가 든 스노볼, 낚시를 하고 있는 두 마리 고양이, 구름 모양의 조명 등등의 것들을 선물하는 것일까. 그런 것들로부터 위트 앤 시니컬을 떠올리는 것일까. 쓸모보다, 아름다운 것. 쓸모와는 다른 쓸모가 있는 것이 시, 라고 알려주는 것처럼 말이지. 예전 나의 취향과 상관없이 이제는 나도 이런 것들이 마음에 든다. 어쩌면 굳이 하나하나 이름을 붙여줄 필요가 없는지도 모른다. 그들이 전해준 그 사소하고 쓸데없는 것들이 모두 위트 앤 시니컬이니까. 기꺼이 보살피고 있다. 언제든 찾아와 무사한 것을 확인하라고. 독자 A씨처럼 말이지.

덧. 글을 쓰고 확인해보니 기린 인형에는 코도 눈도 귀도 있었다. 내 멋대로의 기억은 어디서부터 시작된 것일까.

책상,
사소하고 조그마한
궁리들

나의 책상 위에는 이제 토끼 인형이 있다.
두고 간 사람이 이것을 되찾으러 온다면
꼼짝없이 돌려주어야 할 것이다.
그러면 나의 책상은 4센티미터만큼의 귀여움을
잃게 될 것이고, 허전한 모양이 되겠지.

책상 아래서 실핀을 하나 주웠다. 낡은 것이다. 흘린 사람을 생각한다. 오래 쓰기 어려운 물건인데. 참 알뜰한 이로구나. 담겨 있을 사연은 짐작도 못하겠다. 그저 그가 잃어버린 실핀을 알아차리고 슬퍼하진 않았으면 하고 바랄 뿐이다. 아니 되찾으러 돌아와주었으면 좋겠다. 실핀을 발견하고 기뻐해주었으면 좋겠다. 그런 마음으로 책상 위에 그것을 놓아둔다. 책상 위에는 먼 바닷가에서 온 돌이 하나. 오래 사용한 나무 필통 하나. 그 속에 필기구 몇 개. 그리고 시가 담긴 올해치 달력. 그새 실핀은 그들과 잘 어울린다.

　이 책상은 독자들의 것이다. 신촌에서 혜화로 서점을 옮기게 되었을 때 의뢰해 만들었다. 서점의 가구, 하면 책장이겠으나 어쩐지 나는 책상을 먼저 생각했다. 서점에 시집만 꽂혀 있고 머무는 사람 하나 없다면 얼마나 쓸쓸하겠는지. 그리고 책이란 책장이 아니라 책상의 것이다. 그 위에 놓여 한 장 한 장 펼쳐질 때, 진가도 의미도 발생하는 법이니까. 하여 나는, 나선계단만 있고 아직 아무것도 놓여 있지 않은 텅 빈 공간에서 책상과 그 앞에 앉아 있는 사람들을 먼저 그려보았던 것이다.

독자들은 이 자리에 앉아서 시집을 읽거나, 무언가를 적기도 하고 이따금 엎드려 잔다. 모임을 하는 이들도 있다. 그들은 책에 대해 의견을 나누다가 소리 죽여 킥킥 웃기도 한다. 나는 독자들이 거기서 무얼 하든 그것이 책을 망가뜨리거나 소란만 아니면 상관하지 않는다. 그러라고 놓아둔 것이니까.

남머루 목수에게 이 책상을 의뢰할 때, 단단한 상판을 가진 튼튼한 것이었으면 좋겠다 했다. 남목수는 정말 그런 책상을 만들어 가지고 왔다. 참나무였던 상판을 쓰다듬으며 애정을 키워나가던 작년 겨울 어느 밤을 생각한다.

오은 시인은 이 책상을 '궁리 책상'이라고 부른다. 다들 이 자리에선 궁리를 하게 되니까. 그렇게 덧붙이는 그는 이곳에 찾아올 때마다 그 자리에 앉아서 열심히 아이디어를 공글리고 원고를 쓰기도 한다. 그래서, 이 자리에 앉으면 일이 더 잘되거나 그런 거야? 묻고 싶지만 꾹 참는다. 누구든 여기선 무언가 잘되었으면 좋겠다. 책장이 술술 넘어가고, 근사한 표현을 적을 수 있고 번뜩이는 영감을 얻었으면 좋겠다. 그래서 자주 찾아와 여기 앉아 있었으면 좋겠다.

나의 책상은 카운터 뒤에 있다. 신촌 시절 서점에는 책상이랄 것이 없어서 매번 군색하게 읽고 쓰기를 했었다. 지금 책상이 크고 널찍한 까닭이다. 설움을 털어내듯 만든 그 책상이 더없이 마음에 든다. 마음껏 어질러놓거나 쌓아둘 수도 있으니까. 그럼에도 가끔 독자들의 책상에 앉아 일을 한다. 이 책상에선 다른 생각을 얻을 수 있지 않을까 하는 기대 때문이다. 나는 이 서점의 독자가 될 수 없으니까, 늘 서점지기의 자리에서 서점지기의 눈으로 보고 있으니까 이래서야 다른 일을 모색할 수 없지 않겠는가. 어쩐지 독자의 책상에서 보는 서점은 다르다. 어떻게 다른지 설명하기는 어렵지만.

겨울에는 귤을 담아 책상 위에 올려놓기도 한다. 주인이 따로 있다 여기는지 먹는 사람은 없다. 그 귤들이 오래되어 말라버리면 그것이 참 서운하다. 서점 일의 많은 부분이 그렇다. 이러저러한 기획을 해보지만, 의도대로 되지는 않는 것이 대부분이다. 그렇다고 강요할 수도 없는 노릇이어서 준비해놓고 마냥 기다릴 뿐이다. 그러다 누가 귤을 까고 있다면, 그 모습을 보게 되기라도 하면 정말 기쁘고 즐겁다. 서점 일이란 게 그렇다. 책상 위에 귤을 올려놓고, 누군가 먹어주기를 기다리는 그런 사소하고 조그만 궁리들.

우리는, 여기서 우리는 나를 포함한 서점의 친구들인데, 가끔 이 책상에 둘러앉아 맥주를 마실 때도 있다. 서점의 모든 것을 어둡게 해놓고, 근심 같은 것도 내려놓고, 도란도란 모여 어제 있었던 일을, 오늘 해낸 일과 내일 하고 싶은 일들을 나누는 것이다. 시를 낭독하는 때도 있다. 듣고 싶은 음악을 한껏 소리 높여 듣기도 한다. 그럴 땐 모두 입을 닫고 귀를 연다. 가끔 나는 서점의 밤이 우리를 탐독하고 있는 것은 아닐까 여기기도 한다. 아무튼 우리는 더없이 아늑한 서점 안에서 막차 시간이 되어가는 것도 잊은 채 누가 먼저랄 것 없이 깜깜하게 되어가는 것이다.

미술가 강서경의 작업실에는 탁자가 셋 있다. 그가 미술 작업을 시작한 뒤로 지금까지 써오고 있는 오래된 것들이다. 그 탁자 위에는 이러저러한 작업에서 튄 여러 색의 물감들이 굳어 있다. 강서경 작가는 그것을 부러 남기고 있다고 했다. 그가 골몰해온 시간이 모두 거기에 있다. 이 책상은 만들어진 지 고작 1년. 그래도 저마다의 이유와 사연들이 쌓여가고 있을 것이다. 미술가의 탁자처럼 근사한 흔적을 하나둘 새겨간다. 저 오래되고 보잘것없어 보이는 실핀처럼 조용히. 또 가만히. 올해는 공간을 조금 넓혀 책상의 수를 늘리려고 준비중이다. 부디 오래 머물러주기를. 당신의 궁리에 몽상에 모색에 기꺼이 자리를 내어드릴 생각이다.

의자,
당신의 자리

익숙한 의자에 앉아 익숙한 책상에 두 팔을 올리고
무얼 해야 할지 허둥거리고 있는 내가,
그런 내가 필요한 것이다.

서점의 의자에는 두 종류가 있다. 하나는 서점지기의 것이다. 서점지기의 의자는 때로 서점지기와 완전히 같다. 서점을 비우게 될 때 나는 의자를 단단히 밀어넣고 말한다. 서점 잘 지키고 있어. 물론 의자는 아무 대답도 하지 않는다. 그래도 카디건이나 후드티를 걸치고 있는 의자의 등받이를 툭툭 친다. 적어도 그것이, 그 자리에 있을 테니까. 아닌 게 아니라 다시 서점에 돌아왔을 때에 내가 가장 먼저 찾는 곳은 의자가 놓인 나의 자리. 무사히 제자리에 놓인 의자를 보면 나는 비로소 안심한다.

서점이 채 자리잡기 전, 아무 의자나 두고 앉아 있는 나를 보고 김소연 시인이 말했다. 의자는 좋은 것을 써야 해. 하루종일 앉아 있는 직업이지 않니. 당장이라도 지갑을 꺼내 값을 치러주려는 듯한 그의 말에 나는 쉽게 수긍하고 말았다. 간단히 계산해봐도 하루에 족히 열 시간은 앉아서 보내야 할 텐데 이런 의자와 자세로는 1년도 가지 못해 허리든 목이든 탈이 날 것이 분명했다. 아닌 게 아니라 주변 공부 노동자들이나 시인 중 여럿이 고생을 하고 있지 않은가. 한껏 위로를 건네던 남의 일이 실은 남의 일이 아닐 수 있겠다.

그러나 모양을 따지거나 잠깐 앉아보는 것만으로는 도무지 알 수 없는 게 의자였다. 기왕 좋은 의자를 사기로 한 거 욕심을 부리지 않을 수 없었다. 이 사람 저 사람에게 물어보았다. 생각보다 많은 사람들이 자기가 쓰는 의자에 별 관심이 없다는 것을 알게 되었다. 생각하고 있는 적당한 가격에 맞춰 보기 좋고 편해 보이는 것을 고르고 있는 것이 분명했다. 그건 관절에 병이 생겨 고생하고 있는 이들도 마찬가지여서 다소 의아하기도 했는데, 막상 의자를 사려고 보니 그럴 법하다 싶은 것이, 선택의 여지가 별로 없는 것이다! 고만고만한 형태의 의자들이 색만 바꿔서 늘어서 있는데, 개중 어떤 것이 좋은지 나와 맞는지 알게 뭐람. 고민을 안 했을 수 없으나, 어느 정도 포기하고 골라야 하는 환경에서 나라고 별수가 있을 리 없다.

한편으로, 언젠가 읽어본 한 목수의 글을 기억해내기도 했다. 그에 따르면 어지간한 돈을 받지 않고서는, 아니 그렇다 해도 의자는 제작해주지 않는다는 거였다. 의자처럼 만들기 까다로운 것이 또 없는데, 물리적 조건이나 신체에 대한 깊은 이해가 필요할 뿐더러 사람마다 조건과 감각이 달라서 암만 잘 만들어도 만족시키기 어렵다는 것이 그의 논지였다. 나만의 수제 의자까지는 아니어도 어딘가 내게 꼭 맞는 의자가 있을 거라는 기대마저 무산케 하는 생각인지라 아쉽지만 단순해지기로 했다. 포기하면 쉬우니까. 그리하여 몇 가지 조건을 충족하는 것 중 가장 나아 보이는 것을 고르기로 했다.

헤드레스트가 있을 것. 가끔 잠들어야 하니까. 아무도 없는 서점. 한없이 지루한 책. 이따금 마음고생시키는 방문객. 이런 상황으로부터 도망치고 싶을 때. 하지만 도망칠 수 없으니까. 책을 펼쳐 얼굴을 가리고. 그러니 한껏 뒤로 기울어질 줄도 알아야 하는 것이다. 몸의 무게를 견딜 줄 알며 그렇다고 완전히 드러눕는 것은 아닌 모양으로. 그건 너무 나태해 보일 테니까. 찾아온 이가 놀랄지도 모르는 일이지. 팔걸이는 꼭 필요하다. 서점지기의 일이란 책상 위에 놓여 있는 법이다. 손을 올리고 키보드를 두드리거나, 자르고 붙이고 넘기거나, 적는다. 이런 일에 팔을 의탁할 수 있는 무언가는 필수적이지. 때로 무언가 꾹 참을 때에 기대고 붙잡을 필요 역시 있다. 상황에 따라 높낮이를 조절할 수 있다면 금상첨화겠지. 바퀴는 필수적이다. 언제든 일어나고 도로 앉아야 할 일이, 서점에는 참 많다. 시집을 찾아 건네거나 제자리를 찾아 꽂아두거나 커피를 내리고 설거지를 할 때에도 벌떡 일어나 일이 벌어진 자리로 찾아가야 한다. 그럴 때마다 의자를 끌어내고 당길 수 없거니와 이리저리 굴러가서도 안 될 일이다.

딴에 정리를 해보았으나, 사실 대개의 의자라는 것이 이렇지 않은가. 덕분에 나는 내가 하고 있는 일들만 확인했을 뿐이었다. 결국 처음 내게 좋은 의자를 권했던 김소연 시인의 추천을 받아 구입한 것이 지금 사용하고 있는 의자다. 여러모로 목적에 잘 부합하며 무엇보다 누워 잠을 청하기 적당하다. 역시 의자는 좋은 것을 써야 하는구나.

다른 하나는 짐작한 대로, 독자들의 것이다. 독자들을 위한 의자에는 헤드레스트도, 깊숙이 기울어지는 등받이도 필요 없다. 서점에 와서 잠들고 싶은 사람은 없을 테니까. 팔걸이나 바퀴도 쓸모없을 것이다. 서점의 일은 오롯이 서점지기의 몫이니까. 그저 편할 것. 오래 앉아 있을 수 있을 것. 그야말로 의자의 역할에 충실하면 된다. 그런데도 나는 고집을 부려 형편에 걸맞지 않은 비싼 의자를 들였다. 서점에 독자들의 의자가 왜 필요한 것일까. 서점을 도

서관처럼 이용할 사람도 없고 시집 한두 권 고르는 데 긴 시간을 들여 숙고할 이도 많지 않을 텐데. 그럼에도 나는 작은 서점에 의자를 잔뜩 갖춰놓고서 그들이 앉았다 가기를 고대한다. 앉는다는 것은 쉬어간다는 의미. 쉬어갈 만한 여지를 준다는 뜻. 무엇보다 '자리'가 되는 것이니까.

습관처럼 '나의 서점'이란 표현을 쓰지만, 이것이 '나만의 서점'이라는 뜻은 아니다. 되도록 다양한 사람이 다양한 방식으로 이곳을 사용해줬으면 좋겠다. 내가 이곳에서 읽고 쓰고 각양각색의 일을 하면서 보내는 것처럼. 책장을 넘기고 울기도 하고 친구들과 이야기를 나누는 것처럼. 이곳에 온 사람들도 아무 방해 없이 시라는 차양 아래서 이곳에서의 시간을 만끽하기를 바란다. 내가 나의 의자에 내 온몸을 맡기고 있는 것처럼. 맥을 놓고도 아무런 불안을 느끼지 않는 것처럼. 그것이 자리가 아닐까. 문을 나서기까지 내가 마땅히 머물 곳. 아무때나 찾아와도 안심할 수 있는 그런 곳.

식물들,
초록빛 이름들

서점을 시작한다 하니 받은 선물의 태반이 식물이었다.
같이 무럭무럭 자라라는 의미이겠지만,
공포가 먼저 엄습했다.
나 하나 버티기도 어려운 상황에 무엇인가와 함께
커가야 하는 상황을 맞닥뜨리는 것이 무서웠다.

혜화로 이사 온 지 얼마 되지 않았을 무렵, 우리는 장반장이 운영하는 세모 모양의 카페에 앉아 서점에 들일 큰 화분에 대해 이야기하고 있었다. 장반장은 구석에 서 있던 벤자민고무나무를 가리켰다. 굳이 살 거 있나. 저 나무를 데려가서 키우면 어때? 그의 제안을 거절할 수 없었다. 큰 화분은 비싸니까. 그렇게 해서 나는 달그락달그락 수레를 끌고 장의 카페로 갔다. 한밤중에. 어쩐지 그런 일은 낮에 하면 안 될 것 같았다. 나는 나보다 키가 크고, 어쩌면 무게도 더 나갈 그 벤자민고무나무를 수레에 싣고 다시 덜그럭덜그럭, 온 길을 되짚어 걸었다. 서점은 카페와 그리 멀지 않으나 몇 번인가 흙과 돌멩이를 쏟을 뻔하다보니 거리는 한없이 늘어났다. 유서 깊은 동네의 깊은 밤. 낡은 도로의 군데군데 팬 자국. 몇 번이고 멈춰 서서 이대로 영영 도착할 수 없는 건 아닐까 싶어지기도 했다. 하지만 아슬아슬 다행히 그리고 무사히 도착했고 그리하여 동양서림 입구에는 커다란 벤자민고무나무가 자라고 있다.

'자라고 있다'고 적으니 섭섭하다. '자라고 있었다'로 기억되지 않기 위해 들인 노력과 정성이 그 표현 속에는 담겨 있지 않은 것 같다. 아닌 게 아니라 지난 10개월 동안 저 나무는 몇 번인가 고사할 위기를 넘겼다. 나는 식물에 대해서는 거의 무지렁이다. 처음에 벤자민의 잎이 풍성해지고 키도 자라기에 잘 자리잡은 줄로만 알았다. 1층에 볕도 잘 드는구나, 순한가봐, 알아서 잘 자라네. 하나둘 잎이 떨어질 때는 자연의 순리쯤으로 생각했다. 새잎이 자라면 헌 잎은 떠나기 마련인 거지, 그러면서.

상황의 심각성을 알게 된 것은 어느 늦은 밤이었다. 마침 혼자 근무하는 월요일 밤이어서 나는 1층 카운터에 앉아 타박타박 무언가 적고 있었다. 소설책을 사 간 손님이 다시 문을 열고 내게로 왔다. 책에 무슨 문제라도 있나 싶었는데, 화분이 마음에 걸려 돌아왔다는 거였다. 공연한 참견을 하는 것 같아 망설였는데 아무래도 말씀을 드려야 할 것 같아서요. 저 아이 저대로 두면 얼마 못 가 죽을 거예요. 약을 쳐주시거나, 아무튼 어떻게 해야 할 것 같아요. 저도 똑같은 나무를 키우다가 보냈거든요. 과연 그랬다. 뒤집어보는 잎사귀마다 생겨난 하얀 점들이 징그러웠고 생생해 보이기만 하던 새잎들도 가까이서 보니 풀죽어 있었다. 당장 어쩌지도 못할 시간이니, 찜찜하고 불안한 것도 당연했으나, 그 감정이 유독 진했던 것은 참 이상했다.

미국에 살고 있는 마종기 시인이 화분과 함께 보내온 카드에는 유시인과 가까이 두어줬으면 좋겠다고 적혀 있었다. 내가 시를 쓰는 시간과 그렇게라도 함께하고 싶다고도 하셨다. 그 화분에는 남천이 심겨 있었다. 듣기로 좀체 약해지지 않는 식물이라고 했다. 그런 남천도 6개월을 채 버티지 못했다. 어디 그뿐인가, H가 선물한 고무나무, 단골 술집에서 보낸 선인장도 몇 계절 못 버티고 곁을 떠났다. 나는 화분을 비울 때마다 가볍지 않은 죄책감을 느꼈지만, 내가 선택한 일이 아니라는 변명 같은 체념이 섞여 있었고 그 감정은 깊은 것도 아니었고 길지도 않았다. 내놓은 빈 화분은 금방 사라졌고 나도 그것으로 그만 그들을 잊었다.

이튿날 나는 당장 벤자민고무나무를 바깥에 내놓았다. 환기가 가장 중요하다는 이야기가 떠올랐다. 가지를 치고 약을 구해 뿌렸다. 독한 약이라는 설명을 듣고 그 많은 잎들을 하나하나 닦아내었다. 식물을 잘 키운다는 친구들에게 문의를 하는 것도 잊지 않았다. 그들의 조언은 조금씩 달랐고, 어떤 것들은 상충되기도 했다. 나무는 좀처럼 낫지 않았다. 서점 문을 열고 들어서고 나설 때마다 야위어가는 나무를 걱정하면서 나는, 나의 걱정에 대해 생각했다. 어쩌면 오 헨리의 소설 「마지막 잎새」의 존시처럼 시들어가는 벤자민에 나의 서점을 이입해보고 있는 것은 아닌가 하고. 잘 자라고 있던 자리에서 공연히 이리로 데려온 것은 아니려나. 신촌에서 혜화로 서점을 옮겨 해야 했을 때 나의 심정도 그러하지 않았나. 좀처럼 익숙해지지 않는 이 공간에서 위트 앤 시니컬도 저렇게 앓아가는 것은 아닐까. 떨어져서 보기에는 잘 지내고 있는 것 같지만 몇 발짝 더 가까워지면 시름시름한 것 역시 닮았을지도 모른다.

흙이 문제일지도 모른다는 조언을 들은 날, 나는 마침 찾아온 친구들과 함께 화분을 들어 가까운 꽃집까지 갔다. 꽃집 사장님은 난감한 표정으로 흙을 갈아보자 했다. 화분의 흙 속에는 스티로폼이 가득 들어 있었다. 아연해하는 나를 보며 사장님은 조금이라도 가볍게 하기 위해 또 배수를 위해 이렇게들 한다고 위로해주었다. 뿌리를 잘라내고 질 좋은 흙으로 화분을 채우는 내내 생각했다. 내 작은 시집서점의 흙이 되는 것이란 무엇일까. 부디 이 나무도 나의 서점도 단단히 뿌리내리고 건강히 자라주기를.

혜화동에 온 지도 제법 시간이 지났다. 그사이 식물이 또 늘어서 서점에는 고무나무 화분이 둘, 선물해준 김소연 시인의 이름을 한 자씩 물려받은 스파티필룸, 아이비, 스킨답서스, 크리스마스 선물로 받은 이름 모를 식물이 자라고 있다. 여전히 무심하게 대하고 있지만 예전처럼 방치하지 않는다. 그리고 벤자민고무나무, 시집서점 위트 앤 시니컬도 그럭저럭 잘 자라고 있다. 나무의 건강은 어린 아들의 문제집을 사러 들르곤 하는 꽃집 사장님이 보증해주고 있다. 문을 나서기 전에 잊지 않고, 잘 자라고 있는 벤자민고무나무에 대한 감탄과 칭찬을 건네기 때문이다. 감사합니다, 하고 웃지만 나 역시 잘 알고 있다. 저 나무가 얼마나 잘 지내고 있는지에 대해서. '둥근 초록, 단단한 초록, 퍼져 있는 초록 사이, 얼굴 작은 초록, 초록이 아닌 것 같은 초록, 머리 헹구는 초록과 껴안는 초록이 두루 엉겨* 있는 저 나무와 잎들을 매번 들여다보고 있으니까. 방심하면 안 되겠지만, 잘라낸 뿌리들이 화분 곳곳에 잘 깃들어

---

* 마종기 시인의 시 「마흔두 개의 초록」, 시집 『마흔두 개의 초록』 수록, 문학과지성사.

가고 있을 것이다. 내 작은 서점의 건강은, 드문드문 그래도 잊지 않고 찾아오는 나의 독자들이 보증해주고 있다고 생각한다. 덕분에 나의 서점도, 서가에 빼곡한 시집들도 시 읽기를 놓지 않는 독자들에게 잘 전달되고 있다고 믿는다.

이따금 떠올린다. 무거운 나무 화분을 실은 채 덜그럭덜그럭 수레를 끌고 오던 그 밤. 밀고 당기는 것을 잠시 쉬면서 집집 창문마다 떠올리고 있는 낮은 불빛들이 참 아름답다고 생각했다. 그리고 이곳, 혜화동을 좋아하게 될지도 모른다고도.

명함,
위트 있게 그리고
시니컬하게

옹송옹송 모여 있을 듯한 조그마한 서점들.
가보지는 못하고 이름만 만지듯 생각하게 되는
그 많은 서점들.

눈치챘을까. '위트 앤 시니컬^{wit n cynical}'은 비문이다. 위트
^{wit}는 명사. 시니컬^{cynical}은 형용사. 둘은 접속사 and로 묶
일 수 없는 사이다. 위트 앤 시니시즘^{wit n cynicism}이 되거나
위티 앤 시니컬^{witty n cynical}이 되어야 옳다.

서점 이름을 위트 앤 시니컬로 결정했다 했을 때 오은
시인은 훌륭하다며 박수를 쳐준 다음 덧붙였다. 근데 형,
이거 비문인 거 알고는 있는 거지? 태연한 척했지만 속으
론 당황했다. 미처 그 생각까진 못했으니까. 물론 무지 탓
이다. 아니 성마른 탓이다. 하지만 잘 알고 있었다 해도,
신중한 성격이었다 해도 이름은 바뀌지 않았을 거다. 그래
서 나는 은에게 그래도 상관없어, 하고 웃어주었다.

시인 몇과 모여 앉아 도란도란 이야기를 나누던 어떤 날
어떤 밤. 화제는 언제나처럼 시로 흘러갔고, 최근 읽었던
인상 깊은 시에 대해 주고받던 중. 고개를 갸웃거리던 하재
연 시인이 내게 물었다. 근데 '위트 인 더 시니컬'이 뭐야.

자리에 있던 사람들 모두 잠시 멈췄다가 동시에 웃음을 터뜨렸다. 앞서 내가 '그는 위트 있는 시인이니까'라 했던 말을 엉뚱하게 들은 모양이었다. 내 불성실한 발음과 하재연의 지나칠 정도로 성실한 귀가 빚어낸 잠시 잠깐의 에피소드였다. 그날 밤 함께 있었던 사람 중 한 사람인 김소연 시인이 문자를 보내오지 않았다면 말이다. 그는 그 말이 너무너무 재미있었다고, 네가 차리고 싶다던 시집서점의 이름으로 그보다 좋은 게 없을 거라고 했다. 대뜸 마음에 들었다.

그러니까, 시에는 위트도 있고 시니컬도 있다. 내가 위트 있는 시인이니까, 라고 말한 것을 상대가 위트 인 더 시니컬로 들어도 되는 개방적인 장르이기도 하다. 무엇보다, 잠시 잠깐의 일이 내내 잊히지 않았다는 것이 시와 닮았다. 그래서 나는 그 이름으로 정했다. 대신, 너무 기니까, 위트 앤 시니컬로 하면 좋겠어, 마음먹었고 그러니 위트 앤 시니컬이 되었다.

매사 그렇듯, 처음에는 반대도 많았다. 왜 굳이 영어로 이름을 정하냐 타박하는 선배도 있었고, 햄버거 가게 이름 같다는 소설가도 있었다. 그럼에도 흔들리지 않고 이 이름이 아니면 안 된다고 고집을 부릴 수 있었던 것은 어리둥절해하던 시인의 표정과 와르르 웃음을 터뜨리던 사람들이 함께한 그 자리의 기억이 백지 위에 찍힌 도장처럼 선명하게 너무도 선명하게 남아 있었기 때문이었다. 그리고, 매사 그러하듯, 지금은 이 이름이 참으로 사랑받고 있음을 넘치도록 느끼곤 한다. 누구나 위트를 사랑하고 적당히 시니컬하니까 그럴 거라고 자평하면서 뿌듯해한다. 물론 이따금 비문임을 지적받을 때마다 뜨끔뜨끔하지만.

누구나 집어갈 수 있는 서점 명함에는 아래와 같이 쓰여 있다.

세상 어딘가에 하나쯤 시집서점
위트 앤 시니컬

위트 앤 시니컬이 오픈한 이래, 이곳저곳에 시집서점이 생겼다. 알고 보니 먼저 문을 열었던 시집서점도 있고 바다 건너 나라에는 이미 한두 군데가 운영되고 있더라는 소문도 들었다. 위트 앤 시니컬이 유일무이한 시집서점이길 바란 적은 맹세코 한 번도 없다. 이곳이 백년 천년 이어져 유서 깊은 서점이 될 거라는 생각도 하지 않는다. 그저,

어딘가에는 하나쯤 시집서점이 있어서, 그곳을 찾는 사람들이 있고, 그곳에서 시와 관련된 여러 일들이 일어나기만 한다면 나는 그것으로 만족한다. 그리고 기쁘게도 위트 앤 시니컬은 그중 하나다. 아직까지. 그리고 당분간은.

그런 바람 혹은 희망사항이 담긴 서점 명함은 우리 서점의 인기 품목이다. 위트를 상징하는 엑스와 시니컬을 상징하는 동그라미가 개구진 모양으로 그려진 그 명함을 가지고 간 사람들은 그것을 어디에 쓸까. 짐작도 가지 않는다. 나는 체력이 부족해지고 걱정이 많아져서 한심해질 때 사용한다. 그것을 앞에 두고 스스로 최면을 걸듯 중얼중얼 그 문장을 따라 읽으면 한결 기분이 나아지기 때문이다. 어차피 한 번. 그래, 위트 있게. 그리고 시니컬하게.

2부

서점에 누가 있었던 것만 같아요

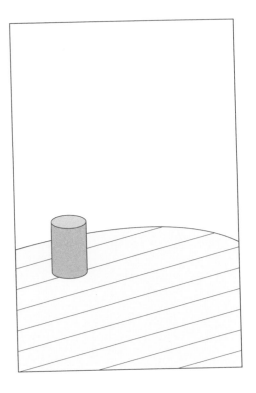

동료,
매니저 경화 이야기

도서 목록이 좋다는 칭찬이 가장 기쁘다.
경화가 한 일이지만,
그를 꾀어 데려온 것은 내가 한 일이니까.

매니저 경화는 잘 보이지 않는 사람이다. 이 작은 서점에서, 위층 아래층 자투리 공간까지 끌어당겨 합쳐봐야 마흔 평 남짓한 두 서점에서 매니저 경화는 사라진 듯 자신의 몸을 감출 수 있다. 그래서 언제나 경화씨, 급할 때는 무례하게도 경화야, 하고 부르곤 한다. 그러면 매니저 경화는 말 그대로 뿅 나타난다. 마치 램프의 요정처럼 동양서림의 카운터 뒤에서, 사가독서에 있는 자신의 자리에서. 책장 근처에서도 커다랗고 긴 테이블 아래서도. 그게 신기해서 나는 가끔 무슨 용무로 그를 찾았는지 잊곤 한다.

매니저 경화는 책 읽기를 좋아한다. 서점에서 일하는 사람들은 대개 그렇지만 그렇다고 그들이 늘 책을 읽는 것은 아니지. 하지만 매니저 경화는 늘 책을 읽는 사람이다. 보이지 않는 곳에서 매니저 경화는 늘 책장을 넘기고 있다. 그는 나뭇가지를 닮은 하얀 손가락을 가지고 있는데, 그 손가락이 책장을 넘길 때 나는 열중이라는 상태의 실체를 목격한 것만 같은 기분에 사로잡힌다. 암, 서점지기란 늘 책과 가까이해야 해. 그런 생각을 하면서 최근 나의 형편 없는 독서 스코어에 대해 반성한다.

매니저 경화를 만난 것은 아마 2017년이다. 그는 위트 앤 시니컬과 함께 있었던 카페의 직원으로 채용되었다. 당시 위트 앤 시니컬은 직원을 둘 만한 형편이 아니었다. 형편이 되었더라도 아마 직원을 두지 않았을 것이다. 이 작은 가게에 자리를 둘이나 마련하면 독자들은 어디에서 머물러야 한단 말이야. 서점 일이 혼자서 하기엔 벅차고, 둘이서 하기엔 애매하다. 그렇게 생각했다. 물론 사실이 아니다. 두 사람은 두 사람의 일을 하게 되니까. 그리고 신촌 시절 위트 앤 시니컬은 카페 직원들의 도움을 받고 있었다. 카페 직원 경화는 늘 서점을 돌봐주었다. 내가 없을 때. 때로 내가 있을 때에도.

카페 직원 경화와 처음 함께했던 일은 '창문 닦기'였다. 그것도 2017년의 일이다. 그때 우리는 만난 지 얼마 되지 않았고 매니저 경화는 말이 별로 없는 사람이었다. 그래서 우리는 서먹서먹했고, 창문 닦기가 끝난 다음에야 알게 된 사실이지만 '창문 닦기'를 하려면 적당량의 친분이 있어야 했다. 어째서 창문을 닦으려 했을까. 아마 그날 볕이 너무 좋았고 덕분에 창문은 지저분해 보였고 나에게 그리고 카페 직원 경화에게는 별일이 없었을 것이다. 한 사람은 안에서 한 사람은 밖에서 닦기로 했다. 2층이었고, 넉넉한 발판이 있다 해도 위험했으므로 나는 바깥쪽을 친하지 않은 사람에게 그것도 피고용인에게 맡기고 싶지 않았다. 우리는 커다란 유리를 사이에 두고 창문을 닦았다. 매니저 경화는 이따금 내가 닦아야 할 곳을 지적해주었다. 무언가 이상하다고 생각했지만 정확히 무엇이 이상했는지는 지금도 잘 모르겠다. 어느 순간 우리는 웃음을 터뜨렸다. 한참을 웃었고 그런 다음에도 여전히 서먹했다.

매니저 경화의 자리는 창가 쪽 책장 뒤에 숨어 있다. 어쩌다보니 그렇게 되었지만 결과적으론 자리의 주인을 닮은 자리가 되었다. 책상 하나 서랍장 둘. 그게 살림의 전부다. 창문을 열기 위해 가끔 그 자리에 발을 들일 때가 있다. 들어설 때마다 기묘한 질서로 어질러진 책상 위를 보게 된다. '정말 매니저 경화다운 질서야.' 그것은 다소 엉뚱하고…… 난데없으며…… 단출하고…… 차분하다. 책상 정리를 좀 해야 해, 하고 잔소리를 할 때도 있지만 정작 무엇을 치워야 한단 말인가. 저 텅 빈 상태에서.

카페 직원 경화가 매니저 경화가 된 것은 2018년 일이다. 1년 가까이 알고 지낸 사이였지만 카페 직원 경화와 나 사이에는 커다란 유리창 같은 것이 있었다. 그런데도 나는 그와 일을 해야겠다고 생각했다. 서점을 혜화로 옮겨야 했고, 이제는 누구의 도움도 거저 얻을 수 있는 상황이 아니었다. 여전히, 아니 오히려 더더욱 위트 앤 시니컬은 직원을 둘 형편이 아니었다. 자리를 둘이나 마련할 만큼 커진 것도 아니었다. 친구가 말해주었다. 한 사람이 늘어나면 1인분만큼의 일과 0.5인분만큼의 벌이가 생겨나요. 그 말이 맞기를 바랐다. 카페 직원 경화를 불렀다. 혹시 나와 같이 일해보지 않을래요. 일이 많을지 어떨지 모르겠고 보수도 충분하지 않을 수 있지만 서먹한 사이에 유리창을 닦는 것보다는 보람 있고 즐거울 거예요. 그는 그리 오래 고민하지 않았고 카페 직원 경화에서 매니저 경화로 서점과 함께하게 되었다.

매니저 경화와 나는 이따금 다툰다. 어떤 일이 있었더라. 단번에 떠오르지 않는 것을 보면 대개 별것 아닌 일들이다. 그도 나도 싸울 때만큼은 물러서지 않는다. 한 사람은 성마르고 다른 한 사람은 고집이 세서 싸움의 끝은 긴 침묵이다. 길게 아주 길게 이어지는 침묵. 그럴 때 나는 볕 좋은 날 유리창을 닦던 매니저 경화와 나를 떠올린다. 그건 그리 오래되지 않은 일이고, 그럭저럭 즐거운 일이었다. 그때 일을 생각하면 금방 화가 풀린다. 그러고 나면 화해랄 것도 없이 대화를 나누고, 오늘 있었던 일에 대해 공유하게 되는 것이다.

매니저 경화는 내가 잃어버린 물건을 찾는 일에 선수다. 전화기를, 책을, 마시던 중에 어딘가에 내려놓은 커피잔을 찾기 위해 분주하게 돌아다니면 어느새 나타나 척 올려두고 사라진다. 그는 서점에서 벌어지는 모든 일들을 알고 있는 것이 분명하다. 위트 앤 시니컬에 찾아오는 어떤 독자들은 그의 책상 위에 선물을 놓고 가기도 한다. 흙당근 네 개가 담긴 비닐봉투를 발견한 어떤 아침엔 배가 아프도록 웃었다.

매니저 경화와 함께한 지도 그럭저럭 3년이 되어간다. 가끔 그가 이곳을 떠나고 난 뒤의 날들에 대해 상상한다. 그 상상은 불 꺼진 서점만큼이나 어둡고 알 수 없지만, 언제까지나 함께할 수는 없을 테니까. 하하 하고 웃는 사람이, 말하기보다 듣기를 좋아하는 동그란 눈의 사람이 오버 사이즈 외투에 손을 꽂아넣고 자기보다 큰 배낭을 멘 채 계단을 따라 올라오는 사람이 없을 때를 대비해서 나는 물건을 잃어버리지 않는 연습을 해야 한다. 책과 소품이 어디 있는지 하나하나 익혀야 하고 자주 찾아오는 독자들의 이름과 그들의 성향이 무엇인지 살펴야 한다. 일정이 겹치지 않게 확인하고 새로운 책이 나오면 세상을 다 잊은 듯 그 책에 빠져 읽어야 한다. 읽고 어땠는지 생각하고 기록해야 한다. 그것 말고도 해야 할 일이 너무 많아서 머리가 아프려고 한다. 그러니 오지 않은 일에 대한 생각은 미뤄두고 조금 더 따뜻해지면 매니저 경화와 창문을 닦아야 겠다는 생각만 하기로 한다. 매니저 경화는 안쪽에서 나는 바깥쪽에서. 밖에서 잘 안 보이는 곳은, 매니저 경화가 지적해줄 것이다.

목수,
남머루 이야기

죽은 나무는
시간이 배고 손길이 배어
새 삶을 얻는다는 것.

시집서점의 가구들은
시집과 익숙해지고 닮아갈 때야
마침내 놓이게 된다는 것.

자리를 갖게 된다는 것.

남머루 목수를 처음 만났을 때 '아, 이 사람이다' 생각했었다. '언젠가 위트 앤 시니컬이 단독 공간을 갖게 된다면 서점의 가구를 만들어줄 사람이다'라고 멋대로 정해두었다. 단정한 말솜씨나, 동글동글하고 개구진 눈매도 좋았지만 무엇보다 그의 손에 끌렸다. 한 만년 살아본 나뭇등걸같이 어둑하고 울퉁불퉁한 단단한 옹이가 진 두 손. 누굴 좋아하게 될 때 혹은 신뢰하게 될 것만 같을 때, 대개 이런 사소한 부분에 이끌리지 않나. 오히려 데이터와 이성적 판단으로 분석할 때보다 실패할 확률이 낮다 생각한다. 나는 그의 손에 반했고, 그를 믿고 싶었고 짬짬이 일을 주고받으면서 서로에 대해 알아가기 시작했다.

　남머루 목수가 하는 주된 작업은 우드카빙, 나무를 깎고 파내는 일이다. 나무에 칼을 대고 한참 몰두하다보면 반지가 생기고, 술잔이 생기고, 숟가락이, 주걱이 생긴다고 그랬다. 잠깐 생각해봐도 부자가 될 일이 없는 작업이네. 조금 친해진 뒤에 예의 없이 그렇게 말했다. 글쎄. 그는 그런 일에 별 관심이 없는 모양이었다. 대학생 시절에는 사회운동에 몰두했고, 그 이후로는 NGO 같은 곳에서 일을 했다. 아버지가 목수였고, 그래서 목수가 되고 싶지 않았고, 그럼에도 목수가 되고 말았다 했다. 그가 대수롭지 않게 전해준 이력을 듣고 뭐야. 정말 굉장한 이야기잖아 하고 생각했다. 목수가 팔자라니. 목수인 사회주의자라니.

그가 운영하는 공방의 이름은 '어제의 나무'다. 그로부터 풍기는 톱밥 냄새나, 볶은 커피 냄새가 가득한 곳일 거다. 거기서 그는 종일 나무를 깎아 무언가를 만들며 보낼 것이다. 주문이 있을 때나 없을 때나. 때로 워크숍을 개최하기도 하던데. 칼과 나무에 익숙하지 않은 사람들이 서툴게 깎아가는 동안, 바닥에 쌓여가는 이야기도 상상해본다. 나의 서점에 시집이 꽂혀 있다면 그의 공방에는 구석구석 미처 쓸려가지 않은 이야기들이 숨어 있을 것이다. 한 무리 아이들이 공방을 찾아오기도 한다던데, 그럼 그는 그들을 붙들어놓고 차분차분 연필 깎는 법을 알려주기도 하는 것이다. 나는 그의 공방에 가본 적이 없다. 때로 가보고 싶지만 이렇게 앉아 상상하는 것도 즐거운 일이다.

혜화로의 이전이 결정되었을 때, 나는 가장 먼저 그에게 전화를 걸어 약속을 잡았다. 나의 서점을 다락처럼 만들어보고 싶다고. 찾아오는 사람들이 자신의 다락을 찾아온 것처럼 오래 생각에 잠기게끔 하는 그런 느낌의 가구가 필요하다고 그랬다. 지금 생각해보면 밑도 끝도 없이 불친절하기 그지없는 설명이건만, 그는 타박하긴커녕 두 눈을 반짝였다. 그런 설명에 흥미를 느끼는 것도 그의 매력이다. 나와 그는 돈 얘긴 하지 않았다. 이미 그러기로 약속했던 사람들처럼. 이사하기로 되어 있는 공간으로 몇 번이고 찾아와 빈 공간을 보고 치수를 확인하고 의견을 물었다. 하고 싶은 대로 마음껏 하라 해놓고 미주알고주알 참견하고 바꾸려 들던 나를 안심시키며 차근차근 해야 할 일들 해나간 그를 존경한다. 고택의 자재였던 나무들을 채취해 와 책장의 결을 만들어준 그에게 감사한다. 좁은 공간을 최대한 효율적으로 사용하도록 배려해준 그에게 감탄한다. 가구가 들어오기 며칠 전부터 그의 SNS 계정에는 모양을 갖춘 책장과 책상의 사진들이 하나둘 올라오기 시작했다. 설렐 법도 하건만, 나는 그러기보다 아득함을 느꼈던 것 같다. 수십 수백 년 동안 쌓여왔던 어제의 시간이 미래의 시간이 되어갈 준비를 하는 광경으로부터, 그것들이 시집을 없고, 사람들을 모아들이고 또다른 시간을 쌓아갈 거라는 기대로부터 비롯되는 감정이었다.

책장의 시간. 책상의 시간. 책을 좋아하고 읽는 사람들의 시간이다. 서점을 하려는 사람도, 서점을 찾으려는 사람도 제일 먼저 그려보게 되는 시간이다. 서점을 운영하는 사람에게, 서점에 머물고 있는 사람에게 가장 현실적인 시간이기도 하다. 그것은 추상적인 개념이 아니라 손으로 쓸어보고 때론 기대보기도 하는 구체적 현상이다. 자리에 앉아 시집으로 가득한 책장을 바라볼 때마다 나는 잎과 열매와 꽃을 잔뜩 매달고 있는 나무를 생각하곤 한다. 아닌 게 아니라 저것들 모두 작은 씨앗으로부터 자라나 흙을 밟고 서서 오랜 시간 햇빛과 바람과 눈과 비가 키워낸 것들이 아닌가. 우리가 서점에 가서 마음에 드는 책을 한 권 뽑아 펼쳐들게 될 때 당장을 잊고 마는 것은 도무지 셀 수 없을 만큼의 역사가 그곳에 켜켜이 쌓여 있기 때문이겠지.

위트 앤 시니컬에는 큰 책장이 넷, 작은 책장이 넷, 이동 가능한 장식장이 넷, 둘러앉을 수 있는 독자용 책상 여섯과 크고 튼튼한 카운터 겸 내 작업용 책상 하나가 놓여 있다. 지주가 되는 못 몇 개를 제외하면 전부 나무로 되어 있다. 서점에 대한 듣기 좋은 소리가 한둘이 아니지만, 그중 제일 좋아하는 건, 이 가구 어디서 했냐는 질문이다. 그런 질문을 하는 사람들이 특유의 감탄 어린 표정을 지으며 나무를 쓸어볼 때 나는 남머루 목수에 대한 자랑을 시작한다. 고목 같은, 근사한 손을 가진 목수가 있는데 말이죠…….

오랜만에 남머루 목수가 찾아왔다. 와서 오래 머물다 갔다. 여태껏 중 가장 오래 있었던 것 같다. 9할 넘게 자신의 손을 탄 곳에 앉아서 편해 보였다. 그게 얼마나 좋던지, 하염없이 칭찬을 받고 있는 기분이었다. 적어도 그가 오래 공들여 깎고 붙여 만든 가구들이 헛되이 쓰이고 있는 게 아니라는 증명 아니겠는가. 부끄럽지만 아직도 나는 이런 확인이 필요하다. 그에게, 나 시집서점 지금보다 더 어려워지면 갈 테니 제자로 받아줄 수 있느냐고 물었다. 그는, 자기 목수 일 어려워지면 위트 앤 시니컬에 취직하려고 했다고 대답했다. 깔깔 웃으며, 그가 더 더 좋아졌다. 그나저나, 이곳에서 그의 워크숍 한 번쯤은 해야 하지

않을까. 나무 먼지로 가득해지겠지만, 그만큼 나무 냄새로
가득해질 테니 치우는 일쯤이야 얼마든지 감당할 것이다.

시인—시인들,
훌륭한 페인트공들

내가 아는 대개의 시인들은 좀 바보다.

아니, 많이.

서점에서 나는 시인, 이라고 불린다. 유희경 시인. 유 시인. 희경 시인님. 회사에 있을 땐 직책으로 불렀다. 그러니 처음에는 어색했다. 이제는 익숙하지만, 걱정도 있다. 내가 시인답지 못하면 어떡하지. 시인이 하는 서점이라기에 찾아왔는데 실망하면 어쩌지. 무엇 하나 허투루 해서는 안 되는데, 살다시피 머물다보니 자꾸 맹탕이 되고 만다. 물론 사장님, 하고 불러주는 것보다는 좋다. 시인이라 불러주면 나는 내가 시인이라는 것을 잊지 않게 된다.

때론 서점에 있는 모든 사람들이 시인일 때가 있다. 그런 일은 생각보다 자주 일어난다. 그렇게 자주 일어나는 일은 이따금 새삼스러워진다. 세상에. 이렇게 시인이 많다니. 어쩌다가 이런 일이 일어났지. 계산대 너머에서 나는 그런 생각을 한다. 시인들은 서로에게 시집을 들이밀면서, 그것은 자기 시집일 때도 있는데, 그것에 대해 품평을 하거나 추천을 한다. 그럴 때 시인님, 하고 불러본다. 모두가 돌아보면 나는 그게 그렇게 재밌다. 그리고 좋다.

나선계단을 따라 올라오는 시인들 예닐곱의 하나는 느닷없이 나타난다. 대개는 무언가를 손에 들고 온다. 그것은 커피콩이고 빵이고 새로 발간한 그들의 시집이다. 며칠 전 늦은 밤엔 즐겁게 취한 나희덕 시인이 품 한가득 튤립을 안고 들어섰었지. 그것이 무엇이든 나는 거절하지 않고 반갑게 받아든다. 그것이 꼭 그들의 근황인 것만 같아서 기쁘다. 앉아요, 앉아. 커피 드릴까요. 맥주도 있고 차도 있어요. 급하게 손을 씻는다. 요즘 어떻게 지내세요. 건강은요. 그들의 단골 레퍼토리는 근방에 일이 있어 왔다 들렀어. 나는 무슨 일이었어요 하고 묻지 않는다. 그냥 오고 싶었던 사람도 있을 테니까. 가끔 나는 신기하다. 네모난 시집에서 불쑥 튀어나온 사람들인 것만 같다. 아예 이곳에서 만나기로 약속하는 시인들도 있다. 이곳에 오면 어쩔 수 없이 시 얘기를 하곤 한다. 최근에 읽은 시 얘기, 쓴 시 얘기, 어떤 것이 좋았고 무엇은 실망스러웠는지. 이따금 고개를 돌려 내 의견을 묻기도 한다. 아끼지 않고 의견을 풀어놓는 편이다. 읽고 쓰는 일은 외로운 일이니까, 흔치 않은 기회여서.

아는 시인들만 찾아오는 것은 아니다. 시집을 고르는 품을 보면, '저 사람은 시인인 것 같은데' 짐작하게 된다. 물어보고 싶은데 물어보지 못한다. 혹시 그이의 시집이 여기에 없을까봐서. 없으면 실망스러울 테니까. 먼저 다가와 자신의 이름을 밝히는 사람들도 있다. 반갑게 맞이하면 좋을 텐데, 나는 그런 일에는 재능이 없다. 그가 돌아가고 난 뒤 혹시 언짢았을까봐 걱정한다. 꼭 기억해두었다가 다시 만나면 먼저 알은체를 해야지. 책장으로 다가가 그의 시집을 뽑아오거나, 도매 사이트로 들어가 그의 시집을 찾아보면서 다짐한다.

시인은 시를 대할 때만 시인이다. 낭독회가 있을 때 나의 자리는 시인의 옆자리이다. 딱히 하는 일도 없으면서 거기에 앉아 비로소 시인이 되는 사람의 모습을 본다. 숫기 없는 사람, 젠체하는 사람, 익살맞은 사람, 말이 없는 사람, 목소리가 크고 작은 사람들이 시인으로 변신하는 모습은 언제 봐도 멋있다. 턱을 괴고 감탄하면서, 이러려고 서점을 했지 생각한다. 그러다가 순서를 놓쳐 허둥댄 적도 여러 번이다. 기록하고 싶어서 사진을 찍는다. 행사가 끝나면 전해주고 싶다. 시인인 당신의 모습.

시로 할 수 있는 것이라면 무엇이든 위트 앤 시니컬의 사업이다. 많은 시인들과 일을 해왔다. 그들은 이곳에서 강연을 한다. 강독을 한다. 강의를 한다. 낭독을 하고 모임을 갖는다. 그들은 일을 하고 서점은 대가를 지불한다. 조그마한 금액이지만 꼭 지급을 하려고 노력한다. 시도 일이 될 수 있고 시인도 직업이 될 수 있다. 이런 것도 하고 싶고 저런 것도 하고 싶어서 본의 아니게 시인들을 괴롭히기도 한다. 하자는 것이 너무 많아서 부담스럽다는 이야기도 들어보았다. 반대로 이러저러한 제안을 던지는 시인들도 있다. 그 아이디어가 가능한 것이든 아니든 내 생각을, 이 서점 생각을 진하게 했다는 거니까 좋은 일이다.

시인들이 찾아오면 그들의 시집에 사인을 받아두기도 한다. 서명본 시집은 별다른 표식 없이 책장에 꽂아둔다. 우연히 발견한 독자의 기쁨을 위해서이다. 선물 같은 것이 되길 바란다. 그 시인이 다음에 찾아오기 전에는 꼭 팔려야 할 텐데, 하는 불안도 있다. 다음에 찾아와서 자신의 시집을 열어보았을 때 지난 계절의 사인이 여전히 꽂혀 있다면 낙담할 테니까. 실제로 몇 번 그런 일이 있었다. 당황함을 감추기 위해 하하하 크게 웃었지.

시집을 사러 왔다가 시인을 발견하는 독자들의 기쁨도 이야기해야지. 깜짝 놀라 두 눈을 동그랗게 뜨고 저 시인님 시 좋아해요, 잘 읽었어요, 하고 외치듯 말하는 순간에 대해. 그러면 시인들은 무구한 기쁨을 감추지 못한다. 세상에 시를 읽어주는 사람들이 정말 있구나, 그런 이가 내 시도 읽고 좋아해주는구나, 놀라는 게지. 내가 백번 천번 말해도 믿지 않는 사람들이 한껏 고무되는 것도 시집서점을 운영하는 기쁨이다.

어릴 적 읽었던 마크 트웨인의 『톰 소여의 모험』한 장면. 폴리 이모는 말썽을 부린 톰에게 울타리를 페인트칠하라는 벌을 내린다. 고된 노동에 괴로워하던 톰은 꾀를 낸다. 그리고 콧노래를 부르고 춤을 추면서 페인트칠을 한다. 그 모습을 지켜보던 친구1이 톰에게 그 즐거운 일을 해볼 수 있느냐고 부탁을 한다. 친구2도 친구3도. 톰은 그들에게 대가를 받으며 페인트칠이라는 벌을 나누어준다. 벌이라고? 아니. 모두 모여 같이 했으니 그것은 놀이고 즐거움이다. 마침내 완성된 말끔한 울타리. 나는 시인들과 함께 위트 앤 시니컬이라는 울타리를 완성해가고 있는지도 모른다.

어쩐지 쭈뼛대는 독자 하나가 눈에 밟힌다. 하고 싶은 말이 있는 모양이다. 시집을 골라달라 하려나 기다린다.

기다려도 눈치만 볼 뿐 말이 없다. 최근에 나온 시집 세 권을 골라온다. 꾸벅 인사를 하더니 자주는 아니고 가끔 씩 들른 사람이라고, 이번에 데뷔를 해서 시인이 되었다고 한다. 덕분이라고도 한다. 그럴 리가. 여긴 고작 시집서점 인걸. 축하한다 말했다. 그리고 웃으면서 울타리에 페인트 칠을 해줄 친구가 하나 더 생겼네, 중얼거렸다.

청귤차,
따뜻함과 향긋함

선물은 일상이 될 수 없다.
일상의 힘은 강력해서
무엇이든 그 안에 들어가면 일상이 되어버린다.
매일 매사가 선물이라는 말은 거짓이다.
그렇게 생각하게 되면
선물은 사라지고 지루한 일상만 남을 것이다.
선물이 좋은 것은 그것이 지닌 우연성 덕분일 것이다.

청귤차를 선물 받았다. 이제 위트 앤 시니컬 냉장고에는 꿀생강대추차랑 유자차랑 청귤차가 있다. 월동 준비를 마친 기분이다. 냉장고에 꿀생강대추차랑 유자차랑 청귤차가 있는 것과 없는 것은 천양지차라 할 수 있다.

다들 동면에 들어간 것일까. 아무리 혹독한 추위라지만 정말이지 엄청날 만큼 찾아오는 독자 하나 없는 날들이 이어지고 있다. 그런데 나는 왜 바쁜 거지. 이럴 때 할일마저 없다면 더 슬플 거야. 스스로 다독여보지만 종일 스마트폰과 컴퓨터 키보드를 조물거리고 있다보면 에잇, 다 내던지고 뛰쳐나가고 싶어진다. 내게 서점 일이란 하염없이 신비로운데, 열심히 한다고 독자가 느끼는 것은 아니라는 점에서 그렇다. 물론 노력해도 안 되는 일이 많다는 것쯤은 안다. 시험이건, 취미생활에서건 할 만큼 한 경험이다. 하지만, 서점 일에 있어서의 노력은 특히 성과와 상관관계가 없는 듯 여겨지기까지 하는 것이다. 시무룩해지는 마음을 다잡으려고 포트에 물을 담아 끓이고 머그 가득 청귤청을 담는다. 순식간에 서점 안이 귤 향으로 가득해진다. 한 칸 더 높아진 서점의 온도.

청귤차를 선물해준 종숙씨는 씩씩한 사람이다. 목소리도 힘차다. 계단을 따라 올라오는 발소리까지도. 그는 나를, 이 서점을 딱히 여긴다. 그래서 방문할 때마다 수십 권씩 시집을 산다. 사방에 선물할 시집들이다. 때로 낭독회에도 참석한다. 참석할 때마다 감동을 받고 간다. 그냥 가지 않고 낭독회에 참석한 독자들에게 한 권씩 시집을 돌리려 한다. 대개 부담스러워하고, 자리를 피하는 사람도 있다. 한번은 또 시집을 잔뜩 사서 서점을 나섰다가 얼마 지나지 않아 돌아왔다. 무슨 일이냐고 물었더니, 방금 버스 정류장에서 만난 이에게 시집을 선물했단다. 그래서 그 시집을 다시 사러 돌아왔다는 것이다. 나는 그만 화가 나서 잔뜩 싫은 소리를 했다. 그런 마음을 사람들이 다 알아주겠느냐고. 대개 모른 척하고 어떤 이는 부담스러워도 할 거라고.

말해놓고 후회했다. 어쩌면 내가 나한테 하고 싶은 말일지도 몰라. 그러나 종숙씨는, 한참 나이 어린 사람에게 잔소리를 들어놓고도 아무렇지 않다. 외려 나를 위로하듯이, 자신도 안다고, 때로 오해를 받을 때도 있고 싫어하는 사람도 있지만 이건 그냥 내가 주고 나면 좋으니까 하는 일이라고 대꾸했다. 돌려받으려고 하는 게 아니라고.

나는 그날 종숙씨의 대답을 생각하며 잔 바닥에 붙어 있는 청귤을 꼭꼭 냠냠 씹어 먹었다. 종숙씨처럼 씩씩해지고 싶다. 좋아서 하는 일을 의식하지 않고 좋아했으면 좋겠다. 덜 익은 마음일지언정, 이리 향긋해질 수 있으니까. 때마침 방문한 단골 독자가 킁킁 냄새를 맡는다. 이게 무슨 냄새예요. 나는 대답 대신 포트에 한 번 더 물을 담는다.

일은 여태 남아 있고 손님은 여전히 없고 그러나 나는 씩씩해져버렸다. 서점의 씩씩함이란 내일 한번 더 해보는 것. 내일모레도 해보는 것. 찾아오는 사람에게 기꺼이 물을 덥혀 차를 내어주는 것. 대가보다 좋아하는 마음을 앞서 생각해보는 것. 수첩을 활짝 펴서 내일 해볼 일들을 적으면서 끝에 꿀생강대추차, 유자차, 청귤차라고 적는다. 청귤차 위에 동그라미를 쳐놓고 종숙씨, 라고 함께 적어놓는다. 이렇게 적어놓으면 잊어버리지 않을 테니까. 적어놓고 탁, 소리 나게 수첩을 덮는다. 하루가 끝날 때나 들을 수 있는 소리다. 다음에 종숙씨가 오면, 청귤차가 정말 맛나고 향긋했노라고 호들갑을 떨어야지. 잊지 말고.

단골,
떠남과 버팀

한 5년쯤 지나면 내 눈에도
우리 서점 단골들의 취향이 바뀌는 것이 보이려나.
오오 K씨, 이젠 온순한 시집을 주로 찾는군요.
예전엔 그렇게 꺼칠한 시들을 좋아하지 않았던가요.
어깨를 툭 치듯 하하하, 웃으면서.

출근 전 이를 닦다가 A의 안부가 궁금하다. 물론 A와 양치질 사이엔 아무런 연관이 없다. 그런 일을 할 때는 아무런 생각도 하지 않고, 아무런 생각도 하지 않는 머릿속으로 마치 비눗방울과 같은 이미지들이 동글동글 떠올랐다가 터져버리듯 사라지니까. 하여간 A가 요즘 통 보이지 않는다는 것을 알아차렸고 무슨 일이 있는 것은 아닌지 걱정도 하고 그의 근황에 대해 들은 게 있었나 더듬어보다가 양칫물을 뱉으면서 거의 동시에 A씨에 대한 궁금함과 소소한 걱정을 함께 잊어버리고 말았다.

사람 마음이란 다 거기서 거기다. 매니저 경화가 책장을 정리하다 말고 요즘 A가 안 오시네요, 한다. 나는 가만 웃고 만다. 경화의 눈이 동그래진다. 이 질문이 그렇게 우습나 하는 눈치다. 아니 그게 아니고, 오늘 아침에 나도 같은 생각을 했거든. 양치를 하다가 궁금해졌다는 이야기는 쏙 뺀다. 수상쩍고 이상하니까. 무슨 일이 있는 걸까. 두 사람은 서로 알고 있는 정보를 교환해본다. 그러곤 금방 알아차린다. 우리가 A에 대해 아는 게 거의 없다는 사실을. 그런데 대개는 이렇게 궁금해할 때쯤이면 나타나더라. 둘 다 고개를 끄덕이고는 각자의 일로 돌아간다. A가 나타나진 않을까 은근히 고대하면서.

한곳에 머물러 맞이하는 입장이 되어서야 떠나는 일에 관심을 기울이게 되었다. 세상 모든 장소가 그렇듯 서점에도 떠나는 이들이 있다. 의식하지 못한 사이 거리가, 마음이 멀어져서. 불가피하게 자연스럽게. 떠나게 된 사람들은 돌아오기도 하고 여태 돌아오지 않기도 한다. 여기 남아 있는 나는, 나의 서점은 그저 그들의 안녕을 궁금해하고 바라고 짐작할 뿐이며 어쩔 도리가 없으니 잘 있다가 그들이 돌아오면 환대를 해주어야겠다 다짐한다. 매일매일 다짐을 하면서 어제도 오늘도 아마 내일도 이 자리에 있고 있을 것이다.

불쑥 찾아와 멀리 이사를 가게 되었다고 오래 어쩌면 영영 찾아오지 못할 것 같다고 말해주는 독자를 꼼꼼히 살펴본다. 종종 찾아왔다는 그를 나는 기억해내지 못한다. 기억도 못하면서 섭섭하다. 섭섭한 것이 이상하다. 어디서든 잘 지내면 되는 그런 사이가 분명한데도. 언제든 찾아오라는 인사로 그이를 떠나보내고 앉아 생각해본다. 어쩌면 이것은 물방울 하나의 일. 그 작은 부피가 양동이 속물을 넘치게 하듯 그간의 중중첩첩한 수많은 헤어짐이 한꺼번에 찾아온 것은 아닐까. 보고픈 얼굴과 이름들로 속내가 흥건해진다.

서점의 단골들. 그들은 많이 읽는 사람이다. 많이 읽지 않고서는 계속해서 책이 필요할 리 없다. 책을 많이 읽는 사람들은 신중하게 책을 고른다. 이러저러한 책을 읽어보았을 테니 그만큼 실패도 많았을 것이다. 자연히 취향도 분명해지고 나름의 독서법을 터득했을 것이며, 그에 따라 책을 고르는 기준도 마련되어 있을 게 분명하다. 우리 서점의 단골들은 와서 좀처럼 떠나지 않고 오래 서점 이곳저곳을 뒤적인다. 가끔 그들은 미로 속을 헤매고 있는 사람들처럼 보이기도 한다. 지금의 생각과 감각 너머의 세계를 궁금해하고 있는 게 분명해.

B는 일주일에 한 번 찾아온다. 대개 월요일이다. 점심 무렵 찾아와 시집 몇 권을 산 다음, 두어 시간 머물면서 시집을 읽는다. 나는 그에게 차나 커피를 내어준다. 때로

걱정이 되기도 한다. 한 번에 너무 많은 시집을 사지 않았으면 좋겠어요. 그러다 질릴 수도 있으니까요. B씨는 그럴 리 없다는 듯이 웃는다. 그런 이들을 종종 본다. 시에, 시인에 빠져서 한가득 시집을 사고 또 읽던 이들 중 몇몇은 언젠가부터 나타나지 않는다. 서점을 운영한 지 5년이 되어가는데 아직도 이런 모양의 갑작스러운 이별에는 적응하기 어렵다. 양치를 하다가, 신발을 신다가, 밥을 먹거나 커피를 마시다 말고 나는 그들을 떠올리고 어디선가 무사히 지내기를 기원한다. 아무래도 B는 더 오래 이곳에 찾아오려는 모양이다. 그리고 세상에는 B에게 소개할 좋은 시인과 시집들이 아직 많이 남아 있다.

W는 시각 디자이너다. 나는 그가 디자인한 시집을 무척 좋아한다. 업무로 엮여본 적은 한 번도 없는데 늘 선배, 라고 불러주는 그의 깍듯함이 한 번도 불편한 적 없다는 건 참 신기한 일이다. 불쑥 나타나 이 시집 저 시집 살펴볼 때는 더없이 과묵하지만, 디자인 이야기만 나오면 눈을 반짝이는 사람. 그러곤 다시 침묵에 빠져 무언가를 생각하는 모습도 참 근사하지. 이상하게도, 그가 올 때마다 무언가 들고 나를 일이 생긴다. 그런 일 앞에 망설임도, 모른 척도 없이 도와주는 그에게 나는 어떤 도움을 줄 수 있을까. 그

런 궁리는 없이 그저 W가 디자인한 시집을 내보고 싶다는, 철없는 소원만 가지고 있을 따름이다.

오래된 단골 S는 나와 동갑내기다. 오래전 출간된 시집을 좋아하는 보기 드문 독자다. 시집을 고르는 데에 취향 외엔 아무런 편견도 없어서 때로 감탄을 하기도 한다. 그는 늘 무언가를 적는다. 노트에 적고 컴퓨터에 옮겨 담는 눈치다. 독립출판물 제작 수업에서 쓰고 만든 작은 책자를 선물해준 적이 있다. 그 책 속의 S는 현실의 자신을 빼닮았다. 조금의 흐트러짐도 없는 자세로 앉아 누군가의 이야기를 읽고 듣는 사람. 생각을 말하기 전에 한두 번, 반드시 망설이는 사람. 서점에 올 때마다 S의 손에는 무언가 들려 있다. 대개 간식거리다. 나는 그가 늦은 귀가를 하는 아빠나 엄마 같다고도 여긴 적도 있다.

단골들 덕분에 먹고산다는 생각은 되도록 하지 않으려고 한다. 그들과 매출액을 같이 떠올리는 것은 실례 같고, 그보다 몹시 싫다. 함부로 친구라 단정하고 싶지도 않다. 격이란 한순간에 무너지고 그런 뒤에는 복구하기 어렵다. 억지로 만들 수 있는 게 아니니까 들고 나는 데에도 마음을 쓰지 않으려 한다. 너무 오랜만에 찾아오면 짓궂어지는 마음은 어쩔 수 없다. 서운해서가 아니라 어색하지 않았으면 해서다. 그들이 또 올게요 하고 말할 때, 쑥스러운 기쁨을 감추기 위해 내가 얼마나 애를 쓰는지 그들이 알 수 있다면.

며칠 전엔 H가 전화를 걸어왔다. 그냥 생각이 나서 전화를 했다고. 어쩐지 울먹이는 것 같았던 그는 신촌 시절의 단골이다. 혜화로 옮기고부터는 잘 오지 않는다. 인근 대학 병원에서 아끼는 동생을 잃었다고 했다. 그래서 이쪽으로는 걸음이 이어지지 않는다고. 이해한다고. 올 수 있을 때 언제든 오라고 했다. 전화를 끊고 나는, 서점 운영을 이어가야 하는 이유를 하나 더 찾았다고 여겼다.

D와 Y는 따로 또 같이 찾아오는 오래되지 않은 친구 사이. 전혀 다른 삶을 살아온 사람들이 친구가 된 게 신기하다. 그 계기가 위트 앤 시니컬이라는 것도. 그들이 오면 나는 마음이 들썩거린다. 명절에 어머니 심정이 이런 건가 싶고. 내가 커플이라 부르는 J와 S는 대학 동창. 둘은 완전 다른 일을 하고 있지만, 여기 오면 시를 사랑하는 대학생들로 되돌아가 좋고 싫음에 대한 끊임없는 수다를 나눈다.

커플인 ㄱ와 ㄴ. 두 사람도 아주 오랜 단골이다. 어느 날 눈이 퉁퉁 부은 ㄱ과 딱딱한 표정인 ㄴ이 찾아왔다. ㄴ이 먼 나라로 공부를 하러 가게 되었다는 거였다. ㄱ이 걱정되기도 했거니와 당장 내가 아쉽고 속상해 웃어주질 못하였다. 그렇게 반년쯤. 나는 가끔 그들을 생각했고, 어쩌면 다신 못 볼 거라고도 생각했으나 ㄱ과 ㄴ은 여전히 보기 좋은 연인 사이. 방학이 되면 어김없이 ㄴ은 돌아오고 그들은 다정히 위트 앤 시니컬에 찾아온다.

자주 보던 이가 나타나지 않으면 걱정이 앞선다. 책장을 정리하다가 설거지를 하다가 음악을 바꾸다가 불현듯 떠오르는 그들. 그들이 살고 있는 세계를 내가 알 수 있는 방법은 도무지 없으므로 이러한 불안을 냉큼 구겨 던져버리지만, 오래지 않아 그중 누군가가 찾아오면 은근 심통이란 것이 생기기도 한다. 때론 나도 모르게 투정 어린 안부를 전하곤 한다. 그럴 때 그도 나도 동시에 무안해진다. 서점은 그저 책을 '판매'하는 '가게'라는 것을, 그들은 내킬 때 찾아오는 '손님'이며 서로에게 아무런 의무가 없다는 것을 잊기도 하는 것이겠지. 아마도 나는 서점에는 무언가 특별한 역할이 부여되어 있다고 착각하는 것이 분명하다.

요 며칠 독자가 뜸하다. 나라 안팎으로 우환과 각종 뉴스가 넘쳐나고 있는 때이니 이럴 법도 하다고 여기다가도 슬쩍 내 탓으로 돌려 서점 운영에 어떤 문제가 있는 것은 아닌지 두려워한다. 이럴 때 아니면 할 수 없을 내 몫의 독서를 해보기도 하지만 내용이 눈에 들 리 만무하다. 책을 내려놓고 버티는 마음을 생각한다. 떠남이 있음에서 비롯된다면 돌아옴은 버팀으로 가능해질 수 있으려나. 그러니 잘 버티는 일에 대해 연구를 해보지만, 이러한 일에는 별다른 요령이 없는 것 같다. 그냥 있는 것. 어떻게든 있는 것 말고는. 나는, 나의 서점은 어떻게 있을 것인가. 아무리 따져보아도 당장을 즐겁게 만들어 나를 다독여보면 되는 일이 아닐까. 하여 요즘 나는 즐거움을 찾는 방법에 대해 열심히 궁리하고 있다.

자주 찾아오는 독자가 유심히 내 얼굴을 살핀다. 무슨 걱정이라도 있느냐고 조심조심 물어오는 그에게 그냥 한 번 웃어주면 될 것을 떠남에 대해 버팀에 대해 여물지 못한 풋생각들을 쏟아내고 만다. 그렇게 말이라도 하고 나면 괜찮을 것처럼. 그런 말과 생각이 그에게 부담이 될 거라는 생각을 뒤늦게 한다. 번쩍 정신이 들지만 너무 늦었다.

허기가 깊어 헛소리를 하는 모양이라고 눙치며 그를 보낸 뒤 늦은 밤처럼 깜깜한 후회를 하는 중이다.

어찌되었든 서점 문을 닫을 시간. 손이 없이도 이렇게 기진할 수 있구나, 놀라면서도 오늘 몫의 버팀이 끝났다는 안도를 맞이하는 것은 사람이니까 그래. 사람이니까 사람이어서 겪는 이 부침을 의연히 대해보기로 한다. 매일 밤 내가 이 서점을 떠나고 다음날이 되면 되찾아오는 것처럼 지금을 무사히 보내면 되돌아오는 것들이 생길 것이다. 누가 서점 문을 빼꼼 열고 나를 부른다. 한탄을 들어준 그 독자다. 그가 내민 종이컵을 받는다. 지칠 때 마시면 좋다는 말을 남기고 잰걸음으로 사라져가는 그의 뒷모습을 눈으로 좇다가, 한 모금 마셔본다. 달다. 엄청 달다. 이래도 되나 싶게.

어린이,
미래의 풍경

어린이날 저녁이 되면
해가 너무 아깝고 저무는 게 슬프고 그랬었다.
관성처럼, 아직도 그렇구나.
이젠 어른이고 그러니 내 날도 아니고 선물도 없고
놀이공원 같은 것도 없으면서 섭섭한 저녁이다.
그렇게 좋은 일이 많았는데도.
그런 저녁이 있다.

오후 네시. 소란스럽던 볕이 차분해지는 때. 문이 열리는 소리가 들리고 한 무리 어린이들이 우르르 밀려들어온다. 누가 누구를 밀었네 놀렸네 종알종알 이르는 사이, 벌써 어떤 아이는 털썩 주저앉아 책을 펼쳐들었다. 질세라 얘도 쟤도 책을 꺼낸다. 서랍을 열면 아이들의 간식이 들어 있다. 한두 시간이 흐르면, 엄마 아빠가 아이들을 찾으러 서점에 올 것이다. 매번 신세를 진다고 고맙다고 인사를 할 때 여전히 책을 놓지 못하는 아이들에게 쥐여줄 것들이다. 내일 또 와. 그렇게 말하지 않아도 또 올 테지만.

서점지기라면, 대부분 이런 그림을 상상할 것이다. 나도 그렇다. 어떤 오후는 아이들로 가득하길 바란다. 신촌 때와 달리, 가까운 곳에 초등학교만 두 곳. 그리고 아파트나 빌라도 많고 어린이들도 제법 있다. 남지은 시인의 도움을 얻어 동시집을 더 들여놓았다. 그림책도 늘었다. 그것들은 아이들의 손이 쉽게 닿을 수 있는 책장 제일 아래 칸에 있다. 너무 달지 않은 것들로 골라 간식도 채워놓았다. 이제 어린이만 있으면 된다. 아직 어린이는 없다.

나선계단은 어린이들을 꾀어내는 데에 선수다. 1층 동양 서림에 들어서는 아이들은 모두 나선계단 위를 궁금해한다. 위험해 보이는 계단을 밟는 모험에 뛰어들 준비가 되어 있다. 역시 탁월한 탐험가들이다. 하지만 서점지기라는 악당은 그들을 혼자이게 두지 않는다. 위험하다는 뻔한 잔소리로 그들을 가로막는다. 엄마 아빠는 언제나 귀찮고 게으르지. 그래서 좀처럼 동참하려들지 않는다. 서너 번, 많게는 열 번도 넘게 졸라야 마지못해 계단을 밟는다. 삐걱삐걱. 계단은 곧 새로운 세계를 열어줄 것이다.

슬프게도, 위트 앤 시니컬을 방문한 아이들은 곧 실망하고 만다. 당장 눈앞에 있는 동시집도 화려한 표지의 그림책도 그들이 원하는 것이 아닌 모양이다. 한차례 휘익 둘러보고, 인형들에 관심을 갖다가 시들해져서 1층의 세계로 돌아갈 것을 선언한다. 하지만 엄마 아빠는 이 지루한 서점 어떤 부분에 흥미를 느끼는 모양이다. 그렇다면 혼자서 내려가야지. 그러나 서점지기 악당은 이번에도 아이들이 혼자 내려가는 일을 방해한다. 계단을 밟아 올라올 때보다 훨씬 더 호들갑을 떨면서. 서너 번, 많게는 열 번도 넘게. 삐걱삐걱.

정말 모르겠다. 어떻게 해야 아이들이 위트 앤 시니컬에 흥미를 느낄 수 있을까. 너무 칙칙하고 어두운가. 하지만 아이들은 그런 곳도 재미있어 하는데. 심지어 오락기를 놓아볼까 생각도 했다. 매니저 경화가 실소를 흘리지만 않았다면 그렇게 했을지도 모른다. 아이들이 올 때마다 준비해놓은 간식을 건네기도 한다. 야속하게 간식만 챙겨서 아래층으로 내려가고 만다. 문제는 동시집이야, 그림책이야, 이런 원망도 해봤다. 아닌 게 아니라, 아이들은 1층에 있는 만화책에만 관심이 있다. 1층을 두루두루, 2층을 건성건성 살핀 다음에 그들은 만화책을 펼쳐든다. 그것을 들고 놓지 않는다. 만화책이 밉다. 다른 까닭 없이 라이벌로. 오직 라이벌로서.

서점도 사업이다. 순환이 이뤄지지 않는 부분에 투자를 할 수는 없다. 어린이 전용 책걸상, 어린이 전용 책장 같은 계획은 수년째 종이 위에서 살고 있다. 물론 포기하지 않았다. 앞서 그려놓은 장면을 보고 말 테다. 언젠가는. 이런 오기. 어제도 어린이들을 위한 초콜릿과 쿠키를 샀고, 더 꽂을 자리도 없는데 신간 동시집을 구매했다. 이래도 저래도 안 되면, 시와 시인이 주인공인 학습 만화책 기획서를 출판사마다 돌려볼 작정이다. 천자문으로도 가능한 일이 시로 안 될 리 없지 않은가 말이다.

내 오기의 근거는 장면이다. 엄마가 아빠가 아이와 앉아 동시집을 읽어주는, 잊을 만하면 찾아오는 순간. 나는 자리에 앉아 어떤 일에도 집중하지 못하고 그 소리에 귀를 기울이곤 한다. 가만가만 졸음이 올 것 같은데, 슬쩍 일어나보면 아이는 미동도 하지 않고 그 울림에 집중하고 있다. 그러면 넋을 놓고 훔쳐보다가 당장 도매 사이트로 들어가 새로 나온 동시집을 검색해보게 되는 것이다. 물론 이 서술은 첫 문단과 달리 판타지가 아니다. 실제로 벌어지는 일이다. 비록 몇 달에 한 번 꼴로 일어나는 기적과 같은 장면이지만, 내가 서점을 하게 만드는 힘이다.

정말 미안하게도 나의 소중한 독자들은 어린이들이다. 그들의 기억에 남는 서점을 만들고 싶다. "옛날 우리 동네에 괴상한 이름을 가진 서점이 있었는데……"로 시작하는 이야기의 주어가 되고 싶다. 어릴 적 동네 서점을 어른이

된 내가 기억하듯. 대학가, 지금은 없어진 한 서점을 그리워하듯. 그들의 앞날에 손톱달이 주는 영향과 같은 힘을 끼쳐보고 싶다. 그런 바람을 어떻게 풀어내야 할지는 여전히 모르고 있지만.

다인님은 그런 의미에서 최고의 단골 독자다. 다인님이 오면 버선발로 뛰쳐나가는 느낌으로 인사를 한다. 물론 그와는 대화를 해본 적이 없다. 몇 번을 만나도 아무리 말을 걸어도 대꾸를 해주지 않는다. 올 때 한 번, 간식을 선물할 때 한 번, 그리고 떠날 때 한 번 꾸벅 인사해주는 게 전부. 조금도 섭섭하지 않다. 다인네가 서점에 오는 것은 다인님이 책을, 동양서림과 위트 앤 시니컬을 좋아하는 덕분이라는 것을 알고 있다. 엄마 아빠와 함께 씽씽카를 타고 도착한 이 어리고 안목 좋고 수준 높은 최고의 단골 독자는, 조용히 책을 골라 살펴보고 데려갈 책을 착착 쌓는다. 엄청난 집중력으로 책을 읽다가 때가 되면 꾸벅 인사를 하고 다시 씽씽카를 타고 떠난다.

내가 이곳에서 오래오래 서점을 하면, 그리고 다인님이 무럭무럭 자라 청소년이 되면 혼자서도 찾아올 것이다. 안녕하세요 아저씨, 하고 들어와 읽을 책을 찾고 주문한 도

서를 받아가리라. 그때쯤이 되면, 또다른 다인님들이 위트 앤 시니컬의 최고의 단골 독자가 될 테고. 기왕이면 그 수가 많아졌으면 좋겠다. 지금의 내가 미래의 나를 부러워하는 몇 안 되는 순간이다.

낭독회,
서점의 보물

낭독회중 나는 객석 뒤쪽에 앉아 있었다.
감히 말하건대 행복했다. 함께하고 있었으니까.
무대에 올랐던 시인들과 그들이 읽었던 시집들뿐 아니라
무대를 만들고 일을 배분해가며 일했던 스태프들과
무엇 하나 생기는 것 없이 기꺼이 도와준 친구들과
어두운 자리에 앉아서 귀중한 시간을
함께 보내준 이들이 있어서.

점심을 먹고 들어왔더니, 종종 찾아오는 중년의 독자가 웃으며 맞이해준다. 주인과 손님이 바뀐 기분이네요. 나는 하하 웃는다. 주인 하실래요? 저는 독자 입장이 더 좋아요. 8할이 진심인 농담이다. 이렇게 자리를 비우셔도 괜찮겠어요. 도둑이 와도 모르겠어요. 나는 그가 카운터 위에 올려놓은 시집들을 하나하나 계산기에 찍으면서, 글쎄 대도가 와도 저희 보물은 훔쳐갈 수가 없어요 하고 대꾸했다.

　위트 앤 시니컬의 보물? 낯간지럽게 독자예요 혹은 글자로 책으로 담을 수 없는 시라는 정신이에요, 라 답할 생각은 없다. 아주 틀린 것만은 아니지만, 자산이란 구체화된 어떤 것이어야 한다. 그렇지 않고서는 월세도 인건비도 지급할 수 없으며, 점심도 저녁도 사 먹을 수 없고, 신간을 들이고 계획을 꾸밀 수도 없을 테니까. 그러니 서점의 보물이 무엇이냐 묻는다면 나는 낭독회, 라고 대답할 것이다.

위트 앤 시니컬은 시집서점이다. 시집서점의 낭독회는 시 낭독회다. 시 낭독회는 시인이 '시'를 '낭독'하고 독자들이 이를 듣는 '모임'이다. 그러니까 위트 앤 시니컬의 모든 것이 모이는 자리이다. 한 시간 반 동안, 위트 앤 시니컬은 실체를, 구체적인 형태를 갖는다. 이것이 바로 위트 앤 시니컬입니다! 하고 보여줄 수 있게 되는 것이다. 나는 무대에서, 때로 객석에 앉아서 감동한다. 입에 올리고 글자로 적는 존재와의 조우는 언제나 놀랍고 기쁘다.

크고 작게. 서점에서 때로 서점 밖에서. 몇 번이나 했을까. 기록하지 않은 것을 후회해도 되짚어보기 엄두가 나지 않을 만큼 많이. 대개의 일이 그렇듯, 아무리 반복해도 같은 순간이 하나 없을 만큼 다양한 낭독회들에 대해서라면, 무얼 적어야 하는 것일까.

선택과 그 과정에 대한 오해가 있기도 한 시인 선정에 대해서. 본 행사만큼 심혈을 기울이는 포스터 제작 과정에 대해서. 순식간에 매진이 되곤 하는 티켓 판매 과정에 대해서. 투자를 아끼지 않은 음향 장비에 대해서. 구석구석 생각지도 못하게 행사에 영향을 끼치는 작은 사물과 감각들에 대해서. 이런 것들을 적어야 할까.

때마침 곁에 있는 친구에게 묻는다. 낭독회, 하면 어떤 게 궁금해? 글쎄. 두 눈을 깜빡이다가. 사람들. 어떤 사람들이 오는지, 그런 거. 시인 말이야? 아니. 참여하는 사람들. 어떤 사람들이 오는 건지 그런 게 궁금하지 않을까. 그걸 내가 어떻게 알아. 그들이 어떤 사람들인지. 퉁명스레 대꾸를 해놓고는 생각해본다. 낭독회에 오는 사람들은 어떤 사람들일까. 말한 대로 나는 그들 하나하나에 대해서는 알지 못한다. 하지만 그들에 대해서는 좀 알 것도 같다.

시를 좋아하는 사람. 혹은 시를 좋아하게 될 사람들.

시인 S가 말했다. 한국 시는 더이상 낭독에 어울리지 않아. 우리의 시는 모두 문자화되었어. 가만히 듣고 있었지만. 나는 그 말에 동의하지 않아. 왜냐하면 정말 많은 사람들이 시를 듣고 울거든. 슬픔이 아니야. 감격도 아니고. 감동도 아니고 환희나 기쁨도 아니지. 그 사이 무언가 어떤 것이야. 그것의 이름을 돌멩이라고 하면 어떨까. 듣다보면 무언가 움직이거든. 슬쩍. 가끔은 데굴데굴 굴러가. 돌멩이 같은 것이. 어쩌면 돌멩이 그 자체인 것이. 그 사실을 주체하기 어려워서 듣다가 울어. 눈물을 흘리기도 하고 흘

리지 않기도 하지만 그것은 우는 거야. 우는 것이 아닐 수
없어.

그들이 우는 것을 알 수 있다. 아는 것은 나뿐 아니다.
앞에서 시를 낭독하는 시인도. 맞은편에 앉아 있는 독자
한 사람 한 사람도 모두 안다. 눈치를 채지 못할 때도 있
다. 그것은 실패가 아니다. 나는 믿는다. 낭독회가 끝나고,
모두 각자의 집으로 돌아간 뒤에, 샤워를 하다가 불을 끄
고 잠자리에 누워 잠을 청하다가, 다음날 출근을 하다가,
문득, 뒤늦게 돌멩이가 굴러갈 거라는 사실을. 그리하여
마침내 무언가 움직였다는 사실을 알아차리는 순간을.

그리하여 낭독회가 끝나고 나면 사람들은 시집이 잔뜩
꽂혀 있는 서점의 책장을 벗어나지 못하고 한참이나 망설
이게 되는 것이다. 잠에서 깨어난 것처럼, 잠시나마 살아
있음을 감각하게 만들어준 시를 다시 한번 만나보고 싶어
서. 혼자서 가만히 시를 읽으며 오롯하게 혼자가 되고 싶
어져서. 그래서 그들은 기꺼이 참가비라는 값을 치르고 마
련된 자리에 앉아 한 시간 반, 두 시간을 보내는 것이다.
나는 되도록 천천히 이 사실을 친구에게 말해준다. 그 역
시 시 낭독회에 참여하는 사람. 가만히 고개를 끄덕인다.
네 말이 맞아. 그런 식으로.

낭독회가 시작되고 십 분쯤 지났을 때, 조용히 일어나는 사람이 있었다. 서둘러 따라나와 화장실은 한 층 아래에 있어요. 지레짐작하고 말해주었다. 아뇨, 가려고요. 자리가 불편하셨어요? 아뇨, 그냥 저랑은 안 맞아서요. 그러곤 나서려는 그에게 환불을 원하느냐고 물었다. 아뇨, 알았으니 충분해요.

알고 있다. 시 낭독회는 만능열쇠가 될 수 없다. 시 낭독이 모두의 돌멩이를 움직인다면 데굴데굴 굴러가게 할 수 있다면 그러나 그것만큼 시시한 일이 또 있을까. 누군가에게는 시가 누군가에게는 소설이 음악이 영화가 그림이 또는 게임이 그런 역할을 하게 되겠지.

강연에서, 인터뷰에서, 늘 말하곤 한다. 평소에는 시를 몰라도 된다고. 다만 어느 순간 필요한지는 알았으면 좋겠다고. 살면서 시가 필요한 순간은 분명히 있다. 시 낭독회는 그 순간을 알게 해주는 방법이기도 하다.

낭독회의 공기에는 시집 한 권만큼의 무게가 있다. 그것은 온전히 듣는 사람들이 만드는 것이다. 시 한 편 낭독이 끝나면 듣는 사람들 모두 함께 한 페이지를 넘긴다. 페이지가 넘어갈 때 낭독회의 공기는 잠시 가벼워지고, 그사이 바람 같은 것이 일 때도 있다. 열다섯 편 남짓의 낭독. 열다섯 번쯤의 변화. 그 모든 게 끝이 나면 무언가 조금은 바뀌어 있다. 그게 무엇이든. 얼마큼이든. 서윤후 시인의 말이다.

낭독회가 끝이 난 밤에는 혼자 있고 싶어진다. 갖은 핑계를 만들어서, 모두를 떠나보낸 다음에 나는 불 꺼진 서점에 앉는다. 캔맥주가 함께일 때도 있고 아무것도 쥐지 않을 때도 있다. 나의 돌멩이는 그제야 움직이기 시작한다. 가만히 귀를 기울여보면 그 소리는 참 나를 닮아 있다. 시집서점을 하면서 내가 얻는 가장 큰 자부심. 서점의 보물 낭독회.

친구,
캔커피를 들고 찾아온

우리는 우리를 궁지로 몰아넣고 있는지도 몰라.
어쩔 수 없는 거라면, 그 궁지가 따듯했으면 좋겠다.
누구 하나 말을 붙일 수 있는 사람이 있다면 기쁜 일이지.
그곳이 시집이 모여 있는 곳이라 해도.

비가 내리는, 한가하고 한가한 금요일 저녁에 친구가 찾아왔다. 윗옷 양쪽 주머니에서 하나씩 캔커피 두 개를 꺼냈다. 촌스럽다, 하고 나는 웃는다. 생각보다 앞선 웃음은 좀처럼 감추기가 어렵다. 시름 같은 건 금방 사라져버리고 우리는 나란히 앉아 오순도순하다. 요즘 어때? 하고 말을 꺼낸 친구는 곧장, 안 물어봐도 알겠다, 손님 없어 어떡하냐 한다. 나는 피— 하고 입바람을 뺀다. 잠시 우리는 창밖을 본다. 서점에 들어오려는지 우산을 털고 있는 사람이 있다.

들어온 손님에게 인사를 하느라, 그가 원하는 책을 찾아주느라, 계산을 하고 또 배웅을 하느라 잠시 부산을 떤다. 어느새 캔커피는 미적지근하게 식고 못 본 사이 생겨난 소식들도 동이 나고 없다. 이번엔 내가 친구에게 물었다. 서점에 제일 많은 게 뭔지 알아? 친구는 잠깐 생각하다, 사람? 하고 대답한다. 놀려놓고는 저 혼자 웃는다. 그러게. 그러면 얼마나 좋겠어. 그러면 너 밥도 사주고 술도 사주고 입히고 재우고 다 할 수 있을 테니까. 그런데 어쩌냐. 서점에 제일 없는 게 사람이다. 그다음은 돈이겠지.

서점에 하고많은 것. 책보다 더 많은 것. 그건 바로 질문이다. 어찌나 많은 질문이 있는지, 퇴근할 때쯤이면 목이 다 아플 정도라니까. 이런 책 있나요, 저 책은 어떤가 요는 질문 축에도 끼지 못한다. 서가에서 찾아 건네면 되는 거니까. 이를테면 단골손님 H 선생. 국회의원도 두 차례나 해본 명망 있는 인사다. 우리 서점에서도 손에 꼽히는 독서가인 그는 나를 보면 어김없이 오늘은 얼마나 팔았느냐고 묻는다. 짐짓 진심을 담아 근심스러운 그의 얼굴에 대고 거짓말을 하거나 둘러댈 요량은 생기지 않는다. 있는 그대로를 들은 그는 곧장 혀를 차고 그러면 나는 또 후회를 곱씹고 만다.

뭐가 그리 우스운지, 친구는 깔깔댄다. 웃을 일이 아니다. 그래도 H 선생은 단골이고 나의, 서점의 생계에 한몫 해주는 사람이기나 하지. 생전 처음 보는 이들 중에도 그런 질문을 던지는 이는 많다. 시인이 더 벌어요, 서점 주인이 더 벌어요? 월세는 얼마나 내요? 이만한 서점을 차리려면 얼마나 드나요? 웃음을 거둔 친구가 말한다. 그게 무슨 질문이야. 결례지. 몹시 무례하고. 그래, 맞다.

사실 내가 생각하는 질문은 다른 것이다. 언젠가 오늘같이 비가 오던 날에 두 눈이 퉁퉁 부은 이가 찾아와 약이 되는 시집이 있냐고 물었다. 어떤 약이요. 어디가 아픈 건데요. 생각만 하고 묻지는 못했다. 질문은 서점 주인의 일이 아니니까. 고심 끝에 김용택 시인의 시집을 건넸다. 그는 자리에 앉아 그 시집을 모조리 다 읽고 돌아갔다. 언젠가 그가 돌아온다면 그땐 내 편에서 한번 물어볼 생각이었다. 약이 되었느냐고. 아직까진 물어볼 기회를 얻지 못했다.

물론 반가운 질문도 있어. 가령, 시인님 시집은 어디 있어요? 같은. 근사하지 않아? 친구는 콧방귀를 뀐다. 퍽도 좋겠다. 그럼, 좋지. 인세도 받고 시집 판매금도 생길 테니 일석이조가 아니냐. 흥. 속물이 다 되었구나. 고작 900원 더 버는 걸로 속물? 맞아 나 속물이야. 그렇게 흰소리를 주고받는 동안 밖은 한층 더 깜깜해지고.

이따금 시 구절 하나만 외워서 나선계단을 올라오는 사람도 있다. 그럴 때마다 얼마나 아슬아슬한지 몰라. 그래도 명색이 시인인데, 딱 맞히지 못하면 얼마나 낭패니. 그래서 맞힌 적도 있어? 당연히 있지. 열 번 중 예닐곱 번은 눈치껏 찾아낸다.

서가 앞에서 한참이나 망설이던 남자가 있었다. 찾기를 포기한 그가 내 얼굴을 살핀다. 오랫동안 찾아 헤맨 시집이 있다는 거였다. 군 제대하는 날, 버스터미널 서점에서 우연히 그 시집을 읽게 되었다고. 급히 떠나야 해서 내려놓고 왔다고. 기억해낼 줄 알았는데, 시집 제목도 시인 이름도 도무지 모르겠다고. 그래서 여태 찾으며 후회중이라고. 기억하는 건 시구의 일부뿐이라 했다. 자신은 없지만, 그래도 들어보자 했다. 정확하지는 않은데, 너의 심장은 나의 오른쪽에서 뛰고 나의 심장은 너의 왼쪽에서 뛰는 그런 내용이에요. 세상에. 그야말로 기적이었다. 저 많은 시 중에 내가 정확히 기억하는 시를 찾을 줄이야. 겉으로는 더없이 심드렁한 태도로 그 시가 담긴 시집*을 찾아 건넸다. 연신 고맙다며 기쁜 기색을 감추지도 않고 그는 그 시집을 안고 돌아갔다.

좋았겠네. 혼잣말하듯 친구가 그랬다. 그랬겠지. 시집이 좀 많은가. 못 찾으니 얼마나 답답했겠어. 친구는 나를 빤히 보다가, 아니 너 말이야, 한다. 그렇게 찾아줄 수 있어서 좋았겠다고. 그 말에 나는 대꾸하지 못한다. 정말 그랬

* 함민복 시인의 시집 『모든 경계에는 꽃이 핀다』, 창비.

지만, 그렇게 말하기엔 어딘가 겸연쩍었기 때문이다.

창밖은 완전한 밤이 되었다. 밤의 서점은 친구와 있기 참 좋은 장소. 무언가 근사해져서 우리는 둘 다 가늘어져 가는 빗소리 끝에 집중하면서 빈 캔을 흔들어보았다.

조력자,
최선을 다해야 할 이유

이 모든 일에 가장 중요한 것.
그것은 어떤 일 하나 거저 도움을 얻어서는
안 된다는 사실이다.

은사이며 시인인 K 선생님이 불쑥 찾아온 것은 혜화로 이전한 지 얼마 되지 않은 이른 오후. 찾아오는 사람이 없어 가수면 상태에 빠져 있던 나는 그의 목소리에 놀라 벌떡 일어났다. 아휴, 말씀이라도 하고 오시지. 졸고 있던 것이 창피해서 반쯤 진심으로 투덜거렸다. 아무도 없는 서점을 휘익 둘러본 선생님은 대뜸, 어렵지? 하고 물으셨다. 이실직고를 해야 할까 의연한 척 굴어야 할까. 망설이는 사이, 선생님은 가방을 열어 봉투를 하나 꺼냈다. 그게 뭔지 모를 수 없었다. 반 발짝 뒤로 물러나면서 상황을 모면해 보려는데, 선생님은 지체 없이 봉투를 쥐여주시곤 나선계단을 따라 총총 내려가셨다. 나 지금 산책중이라 바빠. 나중에 이야기하자. 나는 따라갈 엄두도 내지 못하고 서서 봉투를 내려다보았다.

당신도 망설이셨을 것이다. 그만큼 안타까우셨을 테지. 감사히 받아 허투루 쓰지 않을 일이다. 기왕이면, 북적북적한 서점을 만들어야 할 일이다. 그렇게 생각하고 나니,

제대로 감사 인사를 드리지 못한 것이 마음에 걸렸다. 우선 전화기를 들고 무슨 말이든 적어보려고 하는데, 마땅한 인사가 떠오르지 않았다. 쫓아나갔어야 했다. 뒷모습이 보이지 않을 때까지 배웅을 했어야 했다. 뒤늦게 후회가 깊어졌다.

처음 있는 일은 아니다. 아니, 온통 받은 것들뿐이다. 서점을 둘러본다. 저기 커피머신은 S 선생님과 I의 선물. 저 의자들은 H가 건넨 것. 저 화분은 시인 W. 저 곰 인형은 G. 저 장식품은 h. 까탈스런 네 취향 맞추느니 봉투가 낫겠다고 한 B형도 있지. 어디 물건뿐일까. 올 때마다 '너무' 많은 시집을 사는 시인 O를 비롯해 얼마 안 되는 수고료에도 기꺼이 낭독회 등에 자리해주는 문학인 동료들이나, 시집은 여기에서만 사기로 했다는 독자들의 얼굴도 하나하나 기억한다. 세상에. 서점 곳곳 보이지 않는 이름표들로 가득하구나. 잊고 있던 사실로 인해 다 벗은 사람마냥 황망해지고 말았다.

처음엔 난색을 표했다. 서점도 가게이며 장사 일이니까. 시집서점이라는 이름을 걸어놓은 이상, 시를 나누고 시집을 판매하는 것만으로 유지되어야 하는 것 아니겠어. 이따금 빵이나 꽃 같은 선물을 건네는 분이 있으면 에둘러 거절했다. 잔뜩 시집을 담아오는 독자들에겐, 읽을 만큼만 데려가시면 좋겠다고 잔소리를 건넸다. 그런 태도와 행동이 나와 서점을 위한 것이라 믿어 의심치 않았기 때문이다.

일주일에 두어 번은 와서 꽃을 꽂아두는 C에게, 너무 많은 돈을 쓰는 것 같다고, 그러지 않으셨으면 좋겠다고 말한 적이 있다. C는 가만 생각하더니, 자신이 좋아하는 공간에 좋아하는 꽃을 꽂아두는 데에 쓰는 돈은 하나도 아깝지 않다고 하는 거였다. 대꾸할 말이 없었다. 나도 모르게 나는 이 공간과 나를 동일시하고 있는지도 모른다는 생각에 낯이 뜨거워졌다.

그간 내가 받은, 받지 않으려 했던 것들에 대해 생각해보았다. 어떤 목적도 의도도 없는 마음 씀을 전부 빚인 양투박하고 편협하게 내친 것은 아닌가 싶었다. 아니, 분명그랬다. 꽃을, 빵을 주는 사람들이 꽃을, 빵을 되돌려 받고 싶어했던 것일까. 한가득 시집을 품고 찾아온 이들이내게 무언가 더 바랐던 것일까. K 선생님의 봉투가, 그 안에 든 격려금이 훗날 갚아야 할 대여금일까. 보란듯 성공

해서, 큰 서점이 되면 나는 그들에게 받은 것을 갚게 되는 것일까. 내가 그렇게 행동하면 그들은 기뻐할까. 단단히 오해를 하고 있었구나.

이제 도움과 신세가 다르다는 것을 안다. 언젠가 갚아야 하는 것이 '신세'라면, 기꺼이 손을 내미는 것은 '도움'이다. 신세는 일대일 관계에 놓이지만, 도움은 불특정 다수를 향한 마음 씀이다. 그간 내가 받은 수많은 도움은, 언제 어디로든 전해지는 것이다. 내가 바짝 정신을 차리고, 타인의 사정을 살피고만 있다면 도움은 나눔으로 이어진다. 그러니, 나와 내 서점이 도움을 얻지 못할 까닭이 있나. 그뿐 아니다. 시집을 판매하는 것도 누군가에게 도움이 될 수 있지 않을까. 어느 날 불쑥 시가 읽고 싶어진 사람이나, 특정한 시집을 간절히 찾는 사람에게 이 작은 시집서점이 있다는 것이. 매일매일, 숱한 일상의 만남에, 보다 작은 것에 마음을 기울이고 최선을 다해야 할 이유가 보태진다.

종일 봉투 생각에 사로잡혀 있다가 서점 문을 닫고 온전히 혼자가 되었을 때, 문자메시지 창을 열었다. 두서도 맥락도 없이 감사합니다, 고맙습니다, 더 잘해보겠습니다를 반복해 적은, 은사의 입장에선 한숨이 나올 만큼 형편 없는 문자를 적었다. 한참 망설이다가 발송 버튼을 누르고 또 한참을 머뭇대며 앉아 있었다. 그만 불을 끄려는데 한 줄의 답신이 왔다. '더는 이 일에 대해 이야기하고 싶지 않구나.' 나는 그것을 보고 한참 웃었는데, 웃음 끝에 찔끔 눈물이 나기도 했었다.

3부

날이 너무 좋아요,
서점 안에만 있기 답답하시겠어요

우체국,
다른 세계로의 통로

늘 친절한 우체국 직원이 제 몸집보다
큰 짐을 들고 횡단보도 쪽으로 가는 게 보인다.
마침 내일 우체국에 갈 일이 있고
귤을 한 봉 싸서 전해주어야겠다.

K가 서점 옆에 우체국이 있어 정말 좋겠다고 했을 때 나는 여느 때보다 분명하게 고개를 끄덕였다. 꼭 서점이 아니라도 유용할 구석은 있겠으나 서점이라면 분명 그러하니까.

　서점에서 서른 걸음 떨어진 곳에는 혜화동 우체국이 있다. 우리는 군고구마 할아버지와 낙엽과 약국을 공유하고 있으며 함께 아침과 저녁과 밤을 보내고 있으며 당연한 듯 늘 같은 거리만큼 떨어져 세월을 보내고 있다. 서점에서 일하는 사람과 우체국에서 일하는 사람은 서로의 얼굴을 알고 이름은 모른다. 아니, 알 수도 있다. 한참 생각한 끝에 비슷하게 맞출 수는 있을 법한 사이다.

　나는 이틀에 한 번 꼴로 우체국에 방문한다. 내가 보내는 것은 대개 시집이다. 박스에 넣어 가지고 가서 저울에 올려놓으면 우체국 직원은 책이죠? 하고 아는 척 묻는다. 나는 그것이 좋다. 이따금 나는 몰래 저울에 올라가기도 한다. 나의 체중을 확인하고, 나를 멀리 보내려면 얼마나

드는지 궁금해한다. 사람은 올라가면 안 된다고 쓰여 있지
는 않다. 그럼에도 냉큼 내려선다.

나는 우체국에서 벌어지는 대부분의 일들을 좋아한다.
박스를 만들고 테이프를 붙이고 열심히 주소를 적고 기다
리고 기다리다가 자신의 차례가 오면 서둘러 일어나는 것.
그중에서도 소인을 소리 내어 쾅쾅쾅 찍는 소리가 제일 좋
다. 그것은 몹시 단호하며 분명한 작별과 안부의 신호이
다. 그 소리가 나는 동시에 무언가가 다른 세계로 떠날 준
비가 끝나는 것이다. 이곳의 것도 아니고 저곳의 것도 아
닌 중간계의 사물.

우체국에 세금을 내러 갈 때도 있다. 늘 복작복작한 길
건너편 은행과 달리 우체국의 금융 코너는 대개 한산하
다. 이따금 한두 명 정도가 상담을 받고 있다. 상담을 받
는 사람들은 주로 노인들이다. 그들은 시시콜콜한 자신들
의 이야기를 직원들과 오래 나눈다. 그래서 때론 은행보다
더 오래 기다리기도 한다. 나는 지루한 척하면서 그들이
나누는 이야기를 엿듣는다. 참 가벼운 듯하면서 더없이 무
거운 생의 이야기. 나의 눈치를 보며 마지못해 일어날 때,
나는 아쉽다. 그들의 이야기를 더 들어보았으면 좋겠다.

저녁 서점의 창문 너머로 우체국 직원들이 퇴근하는 모습을 볼 때도 있다. 일상복으로 갈아입은 그들은 완전히 다른 사람 같다. 나는 그들이 밥을 먹거나, 텔레비전을 보며 쉬거나 하는 모습을 좀처럼 상상할 수 없다. 그냥 단지 그들은 잠시 어둠 속으로 사라졌다가 아침이 밝으면 나타나 우체국의 문을 여는 것이 아닐까. 반송되어 온 우편물처럼.

몇 해 전만 해도 혜화동 우체국 정문 앞에는 몹시 커다란 우체통이 있었다. 그것은 명물이었다. 그러나 어느 해 철거되었고, 지금은 어디서나 볼 수 있는 평범한 우체통만이 있다. 나는 그 사실이 종종 서운하다. 작은 우체통만이라도 오래 남아 있으면 좋겠다. 그러나 그것 역시 머지않아 철거될 거라 짐작하고 있다. 다른 많은 것처럼 어느 날 찾아보면 없겠지. 그런 날이 오기 전에 그 빨간 통에 정성껏 쓴 편지를 넣어보고 싶다. 그렇게 할 수 없는 것은 안심할 수가 없기 때문이다. 아무도 수거해가지 않는다면 그 편지는 쓸모없게 되어버릴 테니까. 그래서 나는 나의 다짐을 실행에 옮긴 적이 없다.

토요일과 일요일에는 우체국 문이 굳게 잠겨 있다. 문 닫힌 우체국 앞 계단에는 잡곡을 파는 노파가 앉아 있을 때도 있고, 뻥튀기를 파는 작은 용달차가 정차해 있을 때도 있다. 때론 아무도 없고 한가로이 비둘기 몇 마리가 부리를 씻는다.

저녁 무렵의 일요일 퇴근길에 나는 그 앞에 우두커니 서 있곤 한다. 어서 우체국 문이 열리길 기다리는, 전해야 할 소식이 있는 사연 많은 사람 모양으로. 그러나 우체국은 조용하다. 입구를 꼭 붙여놓은 편지 봉투처럼 은밀하게 내일의 소란을 예비하는 중이겠지.

역시 우체국은 서점에게 필요한 곳이 아닐 수 없다. 그리고 우체국이란 좀처럼 문을 닫지 않는 곳이니까, 안심이다. 나는 친구를 향해 다시 한번 분명하게 고개를 끄덕였다.

구름,
친애하는
더없이 친애하는

오늘은 구름 가득이었다가, 도중에 개었다.
급작스레 활짝 개어서 민망한 나머지
계속 구름 가득인 척하는 갬.

여름의 복판이다. 환한 볕이 진한 그늘을 만들고 그 아래로 사람들이 지나가고 있다. 바람이 불었는지 우르르 잎 많은 나무가 흔들린다. 아무나 붙들고 잘 지내고 있나요, 하고 묻고 싶어진다. 누가 나에게 그렇게 묻는다면, 잘 지내느냐고 물어보면 무어라 대답해야 하나 생각해본다. 뜬금없이 구름을 떠올린다. 그렇지. 지금은 구름의 계절. 달아오른 대지를 떠난 물방울들이 공중에 머무르는 기간. 곧 바람이 차가워지고 낙엽이 떨어질 때쯤이 될 것이다. 하늘은 높아지고 나는 서운히, 여름 형형색색의 구름들과 작별해야 할 것이다.

신촌에서 혜화로 서점을 옮긴 뒤 가장 아쉬운 것이 있었다면, 그것 또한 구름이었다. 신촌 시절엔 커다란 창문이 있었다. 그 창문들은 너무 커서 때로 서점보다도 커 보였다. 손님이 없고 읽고 쓰기에 지치고 궁리마저 지겨워지면 나는 의자에 기대어 창문 너머에 시선을 두곤 했었다. 거기엔 구름이 있었다. 어떤 상태도 아닌 채로 구름에 동화

되어 깜빡 졸기도 했었다. 혜화로 옮긴 뒤론 구름이 머물러주는 창문이 없어서 괴롭기까지 했다. 대신 서점 이곳저곳에 구름 모양의 장식들을 걸어놓았다. 구름에 대한 나의 소란한 애정을 아는 지인들이 하나둘 선물해준 것들이다. 구름의 형상들에서 떠올리는 구름. 구름들.

서점을 열기 전에는 출판사에서 일했다. 좋은 사람들과 일을 했지만 회사 시스템 속에서 나는 잘못 자라난 토끼풀이었다. 틈 날 때마다 건물 옥상에 올랐다. 옥상에는 구름이 많았다. 구름은 원하지 않아도 거기에 있었다. 원할 때는 한껏 아름다웠다. 단 한 번 같은 적 없이 유유하게 그것은 머물렀다 흐르고 사라지기를 반복하며 오래오래 기억에 남았다. 구름에 대한 책을 모으기 시작했다. 책속의 사진들과 옥상의 구름들은 닮았고 달랐다. 잘 알고싶었지만 갈수록 알 수 없었다. 몰라 좋은 것도 있지. 배운대로 아는 만큼 하나하나 이름을 챙겨주고 때로는 지어주었다. 사실 구름 때문이다. 직장을 그만둔 것도, 서점을 하겠다고 마음먹은 것도. 어쩌다 시집서점을 열게 되었느냐는 질문에, 그렇게 대답한 적은 없다. 아무도 믿어주지 않을 테니까.

작은 서점은 작은 구름을 닮았다. 유심히 여기지 않아도 거기 있다. 오래 몰래 있다가 문득 눈에 띄었을 때, 여기 서점이 있었네, 문을 열고 들어올 수 있도록. 그러니까 구름 속에 있고 싶은 사람은 서점으로 들어오면 된다. 그런 당신과 함께 서점은 조금씩 흘러간다. 이윽고 당신이 다시 서점 문을 열고 나설 때에는 몇 센티미터, 때로는 몇 미터쯤 움직여 당신을 이전과 다른 곳에 내려줄지도 모르겠다. 그렇다면 그 손에 들려 있을지도 모를 책 한 권은 구름의 조각이겠다. 어디서든 그것을 펼쳤을 때 당신은 누군가의 생각이 띄워올린 구름의 내력을 읽게 되는 것이다. 한때는 비였고 한때는 바다의 일부였으며 목을 축여주는 시원한 물 한 잔이기도 했을 아득한 시간의 것이다.

샹파뉴의 과학 철학자 바슐라르에 따르면 구름은 가장 몽상적인 시적 오브제이다. 그것은 느릿느릿하게 상상하며 그 상상을 반죽하는 이를 위한 질료.* 과연 그렇다. 구름은 '그것'이 되라! 하고 명령하면 '그것'이 된다. 정해지지 않은 그 모호함은 시적이다. 시를 읽는 것은 구름을 보는 일과 같다. 시를 읽을 때, 사람들의 눈에 떠오른 구름

* 가스통 바슐라르, 『공기와 꿈』, 이학사.

은 그의 마음에 따라 '그것'이 된다. 나는 '그것'이 마냥 허상이라고 생각하지 않는다. 그것은 보고 싶은 것이고 아름다운 것이기 때문이다.

그래서 위트 앤 시니컬의 3주년 기념 굿즈의 테마를 '구름'으로 정했다. 기상예보관 희상씨와 디자이너 마노씨의 도움을 받아서 엽서와 포스터를 만들었다. 최초의 구름 전문가 루크 하워드의 10종 운형을 도형화해 만든 그야말로 쓸모없이 아름다운 물건이다. 예상대로 찾는 사람이 거의 없다. 처음부터 내가 좋아서 한 일이니까 아쉬움은 없다. 해야 할 말을 한 기분이랄까. 아파트와 이웃한, 벽이나 다름없는 창문에 포스터를 붙이면서, 분명 후련한 기분을 느꼈다. 이제는 서점을 넓히고 창문다운 창문을 넷이나 더 갖게 되었다. 새로운 창문에는 구름이 머문다. 내 자리에선 책장만 보이지만, 조금만 움직이면 매일매일의 날씨와 함께 변해가는 구름의 모습을 볼 수 있다. 그것이 책장 건너편에 있다는 사실만으로도 든든하다. 그러게. 마음 어려웠던 그 시절 옥상에서의 구름이 곁에 있구나. 정작 구름들은 아무 말도 하지 않았다. 사실 무슨 말을 듣기를 원한 것도 아니었다. 그것은 닿을 수 있는 것이 아니었으나 멀리 있는 것도 아니었다. 그때 나는 그저 내가 바라보는 것처럼 되고 싶었다. 지금 이곳, 시집서점에서 찾아오는 독자들에게 시집을 안내하고 건네는 내가 그 모습인지는 잘 모르겠다. 꼭 닮을 필요는 없을 것이다. 이곳이 누군가에게 구름이기를, 이곳에 찾아왔을 때 구름 속 걷는 기분을 느낀다면 그것으로도 충분히 훌륭할 테니.

우산,
우리 모두의 것

마침내 비가 멎어가고 있다.
어떤 이는 우산을 쓰고
어떤 이는 우산을 쓰지 않았다.

어둑어둑해지더니 한두 방울 비가 떨어진다. 동양서림은 벌써 우산꽂이를 내다두었다. 하나둘 색색으로 꽂히는 우산들. 노란 바닥 위에 누군가의 발자국이 큼지막하게 맺혔다 말라간다. 무언가 가라앉고 있다. 가늘게 눈을 뜨듯 세심해지면 알 수 있다. 공중에 떠도는 희미한 비냄새와 더불어 읽는 마음을 독려하는 얇고 투명한 한 꺼풀. 책위에. 책을 살펴보는 사람들 위에도 덮여 있다. 그것을 알아보는 사람은 없다. 어쩌면 이는 서점지기들만의 비밀일지도 모른다. 그런 것이 몇 개 있다. 이를테면, 여름 잎사귀 그림자의 소리 같은 것. 한자리에서 오래 창밖을 보는 직업이 가질 수 있는 특권 같은 것이다.

우산 없이 찾아온 독자가 있다. 꼼짝없이 비가 그칠 때까지 서점에 머무르게 생겼다. 되도록 느릿느릿 책을 고르고 있는 티가 역력하다. 다행일까 불행일까. 양팔저울에 추를 올려놓듯 신중하게 그가 골라온 시집은 하필 내 시집이다. 눈치를 살피게 된다. 우연인 모양이다. 계산하려는 이 시집과 나의 관계를 모르고 있다. 내 시집을 계산하기란 아무리 해도 익숙해지지 않는다. 시집 머리에 도장을 찍고 봉투를 열어 담는 동안 꾹 입을 다문다. 감사합니다, 안녕히 가세요 하고 인사할 때 목소리에 힘이 실리는 것은 어쩔 수 없더라도. 비가 그치고 있다.

지난 일요일에도 비가 오려 했다. 오는 둥 마는 둥 하다 그쳐버렸다. 행사가 있는 날이었다. 오고갈 참석자들을 생각하면 다행이 아닐 수 없었다. 행사의 사회를 보기로 한 김복희 시인은 나무 손잡이가 달린 우산을 들고 왔다. 흔히 볼 수 있는 모양이 아니어서, 맡아두면서도 신기하다 싶었다. 제법 손때가 탄 걸 보니 퍽 아끼는 모양이네. 사소한 것을 아끼는 사람들은 어쩐지 신뢰하게 된다. 나와의 인연도 닳디닳을 때까지 아껴줄 것 같다. 낡은 우산 덕에 나는 김복희를 조금 더 좋아하게 되었고, 그가 두고 간 우산을 발견한 것은 혼자 남아 행사의 뒷정리를 하던 한밤이었다.

주인 잃은 우산을 펴보았다. 어둑한 빛을 띤 이단 고급 우산이다. 슬쩍 봐도 만듦새 이곳저곳이 섬세하고 단단해 보이는, 이런 것은 선물로 제격이다. 우산이란 그렇지 않은가. � 때나 그 안에 들어가 있을 때 누군가를 떠올리게 되지. 이 우산 역시 누군가의 마음일 터다. 찾으러 오면 잔소리를 좀 해주어야겠구나. 그런데 우리가 그런 이야기를 주고받을 사이는 되나. 그런 생각을 하면서 다음날 저녁 찾아갈 때까지 곱게 세워두었다.

서점 창고에는 주인 잃은 우산이 한가득이다. 작년 재작년 비가 오던 날의 기억이 모여 있다. 찾으러 오지 않을 텐데도 쉽게 버리지 못한다. 쓰레기봉투에 저들을 담는다니. 생각만으로도 죄짓는 기분이다. 아마, 그간 내가 잃어버렸던 그 많은 우산들이 떠오르기 때문일 것이다. 선물 받았거나 내가 산 그 우산들은 이제 내 곁에 없는 시간들을 간직하고 있으니까. 우산은 개인적인 물건이니까 그러니 은밀하고 그러므로 애틋하지. 영영 잃어버리지 않을 우산을 하나 가지고 싶다. 그건 갖는 게 아니지. 결과니까. 생각해본다. 여태, 라고 할 만큼 지금껏 주변에 남아 있는 것들. 존재들. 그것은 물건이기도 하고 사람이기도 하고 때로 기억이나 감정이기도 하다.

스웨터. 고등학교 때 선물 받은. 지금도 가끔 찾는. 추운

날엔 입을 수 없는. 오규원 시인의 『현대시작법』. 대학교 1학년 때 구입했던. 오갈 곳 없다 여겨질 때마다 꺼내 읽는. 너덜너덜해진. 그리고…… 없네. 없다. 이젠 없는 것들만 잔뜩 떠오른다. 잘 버리고 잊는 게 재주라고 생각했는데 아닌 모양이다. 미안한데, 누구에게 미안해야 하는 것일까.

다시 비가 온다. 창 너머에서 누가 울고 있는 것처럼 창문에 비가 맺힌다. 보이진 않지만 곳곳마다 우산을 펴들고 있을 사람들. 아까 그 손님은 무사히 집에 닿았을까. 아니면 우산을 하나 샀을지도 모른다. 그것이 소중해질 때까지 오래 곁을 지켰으면 좋겠고.

부끄럽지만 이제야 애착이라는 것을 배운다. 이 서점에서. 이 서점을 운영하면서부터. 차곡차곡 이야기가 쌓이고 있다. 역시 그 이야기 더미를 발견한 것은 내가 아니다. 신촌에서 혜화로 넘어올 때 펑펑 울던 인근 대학교 학생들, 여기서 처음 만나 결혼까지 한다며 찾아온 예비부부, 시인으로 데뷔를 하게 되었다며 찾아온 독자. 이곳을 잊지 않고 찾아오는 사람들마다마다 크고 작은 사연이 있어서 서점은 독자들의 공간이 되어간다.

빗소리는 늘 옳고 좋다. 좋은 기억 몇 장 떠올렸더니만 그새 마음이 풀려버렸다. 너무 많은 것들로 닫히지 않는 책상 서랍이 내게도 있구나. 마치 우산처럼. 우산 속 사연처럼. 기왕이면 어깨를 맞대고 걷는 것과 같은 기억이었으면 좋겠다. 갑자기 쏟아지는 소나기 때문에 지하철역 입구를 가득 메운 인파 속 혹은 두어 뼘 될까 말까 한 처마 아래 당신에게 이 서점이 우산이 되어주면 좋겠다. 수많은 우산 중 하나. 내 것. 알아볼 수 있는 것. 버스에서 꾸벅꾸벅 졸 때에도 곁에 기대어놓는 아끼는 것. 팔에 걸고 가방에 걸고 달랑달랑 흔들려 귀찮아도 무사히 데려가고 기꺼이 꺼내드는 것. 기왕이면 김복희 시인의 것처럼 반들반들해지도록 오래된 것. 그래서 애착을 가질 수밖에 없는 서점. 슬쩍 서점으로 대상을 바꿔본다. 하나도 어색하지 않네. 그리하여, '서점은 우산이다'라고 말할 수 있게 되었다.

일요일,
조용하고 귀여웁게

출근길에 나는 평소와 다른 것을 기대해야 한다.
로터리 가득한 비와 관련된 소리들.
문이 열리고 닫힐 때 풍기는 습기 냄새.
독자 없는 서점의 고요와
간혹 찾아온 독자들이 주고받는 소근거림.

어제는 태풍이 왔다. 어찌나 거세던지 창밖을 건너다보는 것 말고는 할 수 있는 일이 없었다. 움직이던 것들은 고요해지고 가만한 것들은 살아 움직이는 역설의 시간이 지나고 일요일. 서점 앞이 수북하다. 누가 일부러 모아놓은 듯 쌓여 있는 플라타너스 잎들. 쉬고 싶다는 마음뿐이었는데, 저들을 쓸어야겠다는 생각에 하루치 의욕이 차오른다. 태풍이 지나간 일요일 정오 거리의 한적함을 쓸어 담는 비질. 일요일의 서점을 시작하는 일이다.

전등을 밝히고 블라인드를 올리고 커피를 내리기. 음악을 켜두고 입간판을 꺼내 세워두기. 매일매일 빠짐없이 반복되는 이런 일들이 일요일에는 다르게 느껴진다. 느리고 방학 첫날 아침잠 같은 느긋함으로, 다짐했던 대로 서점 앞을 쓸기 시작한다. 종잇장 같은 잎들이 가벼운 소리를 낸다. 아직 떨어질 때가 아닌 잎들에서 초록색 냄새가 난다. 그럼에도 가을을 생각한다. 곧 낙엽들이 쏟아질 테고 이러한 비질도 일상이 되어 싱거워질 테지만 당장은 내 안의 것들마저 말끔해지는 것만 같다.

　인근 고등학교 학생 둘이 찾아왔다. 여기에 와서 시를 읽고 쓰게 된 이들이다. 그중 한 학생은 교내 백일장에서 상을 받은 모양으로, 최근 문학 열병을 앓고 있다. 다른 학생은 시가 연애라는 비밀에 돌입할 수 있게 해주는 마법의 열쇠라 믿는 것이 분명하다. 썼다며 보여주는 시마다 어쩜 그리 사랑의 언어들로 가득한지. 웃음이 나오려다 말고 쑥 들어가는 것은 내 고등학교 시절이 떠오르기 때문이겠지. 그나저나 오늘은 어쩐 일이냐 물었더니 공부를 하고 가겠다 한다. 나도 모르게 공부? 하고 되물었다가 그들이 꺼내는 문제집에 머쓱해지고 말았다. 그렇지. 어린 시인들은 확률과 통계를 미적분과 세계사를 공부해야 한다. 그래서 일요일 오후의 첫머리는 문제집을 풀고 있는 고등학생들의 뒷모습이 되었다.

　이번에는 초등학생 하나가 씩씩하게 들어와 손에 쥔 종이를 읽는다. 안녕하세요. 저는 H초등학교 3학년 아무개입니다. 인터뷰를 하고 싶습니다. 응해주시겠어요? 이게 무슨 일인가 싶지만, 서점에는 책과 관련된 모든 일들이 일어날 수 있다. 더구나 일요일이라면. 나는 그렇게 하겠다고 대답한다. 다시 또박또박 읽어내려간다. 바쁜 시간에 인터뷰해주셔서 감사합니다. 나는 웃는다. 그건 맨 마지막 대사잖아. 하지만 말하지 않는다. 대신 아이의 질문을 듣는다. 꽤 진지하다. 왜 서점 일을 하게 되었나요. 서점 일을 잘하려면 무엇을 해야 하나요. 하루 중 가장 바쁜 때는 언제인가요. 대답에 조금이라도 어려운 단어가 섞이면 울상을 짓고 말아 나는 되도록 쉬운 표현을 고르려고 노력한다. 진지한 표정의 아이는 하나하나 받아 적고, 곁에 앉은 나는 틀린 맞춤법을 하나하나 알려주고. 그렇게 일요일의 오후는 비뚜름하고 귀엽게 지나가고 있다.

유별난 일은 이것으로 그만인 모양이다. 그렇게 생각하지만, 조용히 반복되는 중에도 서점의 매일은, 하루는, 미묘하게 다른 일들로 부산하다. 어쩌면 당연하다. 수백 년 전에 쓰인 책과 바로 어제 출간된 책이 나란히 놓여 있다. 유통기한 없음. 그것 스스로 소멸되지 않는 한. 제아무리 철 지난 사유일지라도 책은 썩지도 사라지지도 않는다. 그러니 그것을 찾는 사람들도 각양각색이다. 유모차를 끌고 온 부부는 아이에게 읽어줄 그림책을 사서 나선다. 만삭의

아내와 그의 곁을 떠나지 않는 남편은 태교에 쓰일 것이 분명한 동시집을 찾는다. 그들이 사는 책은 저자도 내용도 출판사도 모양도 다르지만 사실 다르지 않은 것 같다. 한 눈에도 연극배우처럼 보이는 근사한 이가 집어든 셰익스피어 희곡집과 대학생처럼 보이는 이가 찾아달라 하는 셰익스피어의 희곡집은 어찌 같지만은 않은 것이다. 유독 다양한 사람들이 모이는 일요일 서점 안에서 나의 상념은 밑도 끝도 없어져서 고등학생들과 초등학생을 연결하며 결국은 나에게로 닿아 예까지 오는 것이다.

일요일은 평소보다 일찍 문을 닫는다. 간판 불을 끄고 블라인드를 내리고 있는데, 빼꼼 문이 열리더니 중년 여성의 얼굴이 나타난다. 그녀는 닫았어요? 하고 묻는다. 그만 지쳐 돌아가고 싶으나, 야멸차게 안 된다 할 수 없는 노릇이다. 다행이다 다행이야, 하는 그녀는 아이의 숙제가 담겨 있을 문제집을 급히 골라 오다가 새로 나온 소설책 앞에서 잠시 망설인다. 오늘이 일요일이 아니었다면, 지금이 저녁이 아니었다면 그는 그 소설책을 사지 않았을 수도 있었을 거라고 나는 두 권의 바코드를 찍으며 생각한다.

문을 걸어 잠그고 돌아서니 거리엔 아직 빛이 남아 있다. 가위바위보를 하며 깡총깡총 뛰어가는 엄마와 딸이 보인다. 노부부가 다정히 팔짱을 끼고 걸어가고 있다. 저녁 미사에 참례하기 위해 성당으로 들어가는 사람들의 검은 등도 보이고 크게 웃으며 남자의 등을 때리는 여자도 있다. 뜬금없이, 오늘도 서점 문 열길 잘했다는 생각을 해본다. 언제가 가장 힘이 드세요? 아까 어린이의 질문 중 하나. 당황해서 글쎄…… 하고 말꼬리를 흐리고 말았었다. 사실 별로 힘들지 않아. 꽤나 멋진 일이 심심치 않게 많거든.

가을,
엽서를 적는 계절

걱정은 좀 그만하고 낙엽을 쓸었으면 좋겠다.
그러다 누가 나선계단을 올라가는 것을 보고
서둘러 빗자루를 내려놓는 일만 있었으면 좋겠다.

당신의 계절은 언제 오는가. 나의 계절은 어느 날 아침 출근길에 온다. 가방을 메고 현관문을 열었을 때. 버스 정류장으로 천천히 걸어가는 동안. 바람과 볕의 온도로. 봄이고 여름이며 가을이었다가 겨울일 것이 피부에 닿는다. 그렇게, 문득 온다 계절은.

새로운 계절의 문턱에서 나는 매번 아쉽다. 한 계절을 양껏 누리지 못한 것 같다. 꽃은 다 보기도 전에 지고, 여름의 파도는 순식간에 물러난다. 낙엽이 질 때쯤이면 별안간 눈이 내리고 다시 새봄. 계절의 문턱에서 나는 매번 걸려 넘어지듯 무언가 놓친 기분에 사로잡힌다. 2019년의 여름은 이렇게 가버렸다. 다시는 돌아오지 않을 것이다. 그래서 올여름은 어떠했던가. 나는 버스를 기다리면서 생각한다.

구름이 많았다. 몇 번쯤 느닷없는 비에 흠씬 맞았다. 예닐곱 권 새 시집이 나왔고 그중 어떤 시집들은 부리나케 팔려나갔으나 어떤 시집들은 외톨이처럼 남아 마음이 쓰였다. 매미의 울음이 커지던 어떤 일요일엔 우는 사람이 있었다. 종종 찾아오는 독자였다. 아는 것이 없으니 해줄 말도 없었다. 울음 곁에 각티슈를 놓아두고 내 자리로 돌아와 잠자코 앉아 있는 수밖에. 훌쩍이는 소리, 휴지를 뽑는 소리, 작게 내뱉는 한숨. 가만히 귀를 기울이면서 나는 그 모든 것이 사랑 때문이라고 생각했다. 영업시간이 끝나도록 울음을 그치지 못하던 그는 미안하다는 인사를 남기고 돌아갔다. 때론 모르는 것도 알 것 같았고 이번 여름은 모두 괜찮아지길 바라면서. 각티슈를 놓아두듯 그렇게 보낸 것 같다.

조금 더 일찍 계절을 읽어낸 사람들의 옷차림에서 슬쩍 나는 가을을 엿본다. 계절감이라는 단어를 떠올린다. 계절에 이르러 움직이는 마음과 감정의 향방. 가을의 계절감은 가볍지 않다. 그래서 낙엽은 떨어질 채비를 하고, 자꾸 누군가를 생각하게 되는 것이다. 취한 눈으로 몇 개의 문장을 적었다 지우는 그런 밤을 또 누군가는 맞이하게 될 것이다. 그러나 아직은 가을이 아니다.

모든 것이 선명하고 변화무쌍한 여름에서 두툼한 무게의 가을로 가기 전, 환절기. 버스 안 누군가가 콜록거린다. 상념을 깨뜨리는 그 반복적인 기침 소리가 나는 싫지 않다. 환절기란 원래 그런 것이다. 아프고 아프지 않은 시절. 천천히 갈 수 있도록 끼어드는 계절과 계절의 사이. 있지도 없지도 않은 마음을 간직하는 시기. 한 사람을 울렸던 여름의 사랑을 다독여주는 것도 지금이다. 울었던 마음이 진정되고 나면, 가을은 그것을 간직할 것이다. 눈물이 남긴 의미도 함께. 그리운 마음과 조그마한 부끄러움마저도.

며칠 전엔 우체국에 들러 관제엽서를 몇 장 사 가지고 왔다. 우체국 직원은 요즘도 관제엽서를 사는 이가 있어 반갑다고 웃는다. 사실 그건 내가 매일매일 느끼는 반가움이다. 시집이 잔뜩 꽂혀 있는 서가 앞에 독자들이 모여 있을 때, 그들이 기꺼이 그리고 기어코 자신만의 시집을 찾아내 계산대로 올 때 나는 반갑다. 고맙습니다, 하고 인사를 한다. 서점 테이블에 관제엽서를 놓아두었다. 누구든 와서 누런 여백 위에 시를 옮겨 적고 사연을 남길 수 있도록. 그러면 나는 그것을 우체통에 넣어줄 작정이다. 그 마음이 주인을 찾아갈 수 있도록. 엽서를 들이고 보니 모아둘 곳이 없다는 것을 깨닫는다. 서점의 책장을 만들어준 목수에게 전화를 걸어 작은 편지함을 부탁했다. 그는 신중한 사람이다. 소나무와 아까시나무를 두고 오래 고민할 것이다. 고민 끝에 나무를 자르고 조각과 조각을 이어 붙여 편지함을 만드는 그 시간은 환절기의 일. 그가 편지함을 들고 나선계단을 올라올 때쯤 서점의 가을이 시작될 것이다. 그때쯤 서점은 여름을 잊게 되겠지.

버스에서 내려 올려다본 하늘의 색이 꽤 높아져 있다. 오락가락 분주하던 여름의 하늘은 다 쏟아내버린 모양이다. 애틋함으로 손끝이 짜릿하다. 관제엽서를 처음 부치는 사람은 내가 되겠다 싶다. 떠오르는 이름들이 많다. 그 이름들이 나의 안부를 받을 때쯤이면, 가을이 한창일 것이다.

겨울,
언제든 만나게 되는
서점의 계절

혜화동 로터리는 다시 매캐해지기 시작했다.
군고구마 할아버지가 돌아왔기 때문이다.
그러니까 겨울이다. 적어도 혜화동 로터리는.

위트 앤 시니컬이 자리잡은 혜화동 로터리는 크게 세 방향과 마주하고 있다. 하나는 동성고등학교 방향, 다른 하나는 우리은행 방향, 그리고 동양서림 방향이다. 동양서림 방향에는 나무 네 그루가 서 있고 그들은 모두 플라타너스다. 나는 그들 하나하나에 이름을 붙여주었다. '하나', '두울', '세엣', '네엣'이다. 하나 앞에선 고양이를 구조했다. 두울은 서점 앞에 엄청나게 많은 낙엽을 떨어뜨린다. 세엣 앞에선 옹기종기 모여 담배를 피우고, 네엣과는 데면데면한 사이. 이상한 사람 취급받을 것이 분명하므로, 입 밖으로 꺼내본 적은 없는 이름이다. 속으로만 수를 세듯 불러보는 이름이다. 하나같이 키가 큰 아름드리나무이므로 나이를 가늠할 수는 없겠으나 내가 마냥 동생으로 여기는 까닭은, 지난봄 가지치기를 했을 때, 그들의 모습이 마냥 귀여웠던 탓이다. 까까머리 동생 나무들은 여름쯤엔 언제 그랬냐는 듯 무성해졌고, 어제부터는 커다란 잎사귀들을 떨어뜨리고 있다. 아침 일찍 한바탕 쓸고 뒤돌아서면 도로 그만큼이 될 정도로 가득가득, 말라버린 지난 계절을 내려놓는다. 두번째 비질을 끝내고서야 나는 아, 겨울이다 한다.

서점의 겨울을 알려주는 것 중에는 매캐하게 풍기는 나무 타는 냄새도 있다. 서점 근처에는 겨울마다 찾아오는 군고구마 할아버지가 있다. 할아버지는 봄이면 사라졌다가 겨울이면 나타난다. 그러하길 족히 10년도 넘었다고 들었다. 그가 봄 여름 가을 동안 무얼 하고 사는지 알 길이 없다. 그는 말이 적고, 무엇에든 별 관심이 없다. 나는 그를 노송 같다 생각한다. 노인임은 분명한데, 참으로 단단해 보이는 까닭이다.

작년 언제쯤, 군밤을 사러 갔다가 도움을 준 적이 있다. 새로 휴대전화를 장만했는데, 글씨가 작아 도통 읽을 수가 없어 답답하다 했다. 설정 기능을 찾아 그의 새 전화기의 이것저것을 만지다 저장된 전화번호를 보게 되었는데 거기엔 전화번호가 달랑 하나 있었다. 그것을 보고 나는 그만 웃어버릴 뻔했는데, 그 번호의 이름에 '선녀'라고 적혀 있었기 때문이었다. 이따금 그가 나무를 구하러 갈 때면 선녀님이 그 자리를 지키곤 한다. 그때마다 선녀님, 하고 알은체하고 싶은 마음을 누르느라 애를 쓰곤 한다.

겨울이니까 다섯시만 넘어도 간판 불을 밝혀두어야 한다. 월요일은 매니저 경화도 동양서림 대표님도 일찍 퇴근하니 혼자서 동양서림과 위트 앤 시니컬을 같이 돌봐야 하는 처지이다. 쌀쌀해진 날씨 탓인지 아니면 마음 바쁜 날이어서인지 독자들이 뜸하다. 서점에 손 적은 날은 당최 이유가 없으니, 날이 좋으면 좋은 대로, 나쁘면 나쁜 대로 "오늘은 한가하겠군" 하고 중얼거리게 된 지도 벌써 꽤 오래되었다. 나는 군밤을 한 봉 사서 우물거리고 있다. 대체 어디서 자란 밤이기에 이렇게 단 것인지 모르겠다, 따위의 생각이나 하면서. 벌컥 문이 열리더니 들어서는 이가 있다. 그는 어디 살필 것도 없다는 듯 성큼성큼 나선계단을 밟고 위트 앤 시니컬로 올라가버린다. 나는 그의 사정이 궁금하지만, 조금 있으면 알게 될 터이니, 남아 식은 군밤을 마저 먹었다. 나선계단을 올라간 이가 채 몇 분 지나지 않아 품 한가득 시집을 안아 들고 내려온다. 어째 목마른 사람이 물동이를 든 것 같은 폼이다. 하도 궁금해서 이 많은 시집을 어디에 쓰시게요, 하고 묻고 말았다. 직장 일이 너무 힘들었다 한다. 이런 겨울밤엔 (그는 '겨울밤'을 길게 발음했다) 이불 뒤집어쓰고 시를 읽다가 잠들어야지요, 한다. 나는 근사한 밤이 되겠네요, 대꾸하고 웃어넘겼지만.

그런 밤이 있다. 어찌할 바를 모를 그런 밤. 모르겠어서
가 아니라 모르고 싶어서 시를 읽는 겨울밤. 길게 발음해
야 하는 그런 겨울밤. 나는 창문에 붙어 서서 그의 뒷모
습을 오래 본다. 두울과 세엣 사이를 지나 네엣 가까이 갈
때쯤, 그의 뒷모습은 군고구마 리어카에 가려 보이지 않는
다. 묵묵히 군밤을 까는 중이다. 그가 골라간 것 중에는
나의 시집도 하나 있었다. 나는, 그 시집이 긴 겨울밤과 잘
어울렸으면 하고 기도하는 마음이 된다. 누군가에게는 찬
바람 소리 닮은 것이 되었으면 하고 쓴 시도 있기는 하지
만, 자신이 없다. 다음에 찾아올 때는 내 시집이 어땠는지
말해주기로 했으니, 그가 오늘 안고 간 시집들을 얼른 읽
었으면 좋겠다. 시인이 서점을 운영하는 데에는 이런 이점
도 있다. 그러고 나서는, 깜깜히 앉아서 서점의 겨울 채비
를 생각하게 되는 것이다.

한때 동그랗고 튼튼한 연통 달린 무쇠 난로를 하나 가
지고 싶었다. 그 위에 주전자를 올려놓고 뽀얗게 올라오는
김을 구경하면서 김이 서리는 창문을 보며 겨울을 보낸다
면 얼마나 근사할까. 서점에 난로라니. 불이라도 나면 어
쩔 것이냐는 핀잔을 듣고 냉큼 접어버린 바람이다. 호빵
기계를 들이고도 싶었다. 추운 손에 하나씩 호빵을 건넬

수 있다면 또 얼마나 좋겠는가. 그런 것이 아니라면, 서점은 어떻게 월동 준비를 해야 하는 것일까. 귤 한 상자, 핫팩, 크리스마스 장식 따위를 떠올리다가 이내 고개를 가로 젓는다. 시집만 한 것이 있겠는가. 겨울에는 시집이다. 누구에게도 지지 않을 만큼 그거 하나는 자신이 있다. 그러니 시집서점에 무슨 월동이란 말인가. 마음먹게 되는 것이다. 일단 오늘 집으로 돌아가서 홀짝홀짝 시집을 넘겨보다가 잠들어야지.

서점 문을 잠그고 돌아서니 바닥은 하나 두울 세엣 네엣이 낙엽으로 어질러놓은 한때의 기억들로 요란하고, 군고구마 리어카는 주인 없이 식어가고 있다. 겨울이다. 더없이 사랑하는 근사한.

눈과 귤,
동그랗고
포개면 사람이 되는

낯모르는 사람들에게
이제 겨울이에요, 하고 알려주려고 했었다.
하루이틀 미루는 것도 좋겠지.
분명 겨울은 근사한 계절이지만
조금 미루는 것도 나쁘지 않을 테니까.

오전에는 눈이 내렸고, 서점 창문 너머 가득 눈이 내렸고, 저 잘고 작고 하얀 것들로도 사람은 온전하게 만족할 수 있구나 싶어진다. 하염없이 구경만 하고 싶지만 비질 역시 서점의 일. 싸리비에 쓸려가는 싸락눈은 참으로 쓸쓸한 무늬를 남긴다. 꼭 누군가의 마음 같네. 중얼거리며 쓸다가 쓸기를 멈추는 것은 그런 까닭이다.

난롯가 가까이 서 젖은 옷을 말리면서 귤껍질을 벗긴다. 톡톡 터져나가는 귤 향. K가 보내온 귤이다. 나와 K는 자주 만나지 못한다. 아니 사실 몇 번 만나지 못했다. 한 사람은 제주에 살고 다른 한 사람은 혜화동에서 서점을 하고 있으니까. 잠시 생각한다. 우리는 친구일까. 귤이 달다. 다니까 우리는 친구가 맞다고 확신하고 만다. 이상하지만, 친구가 아니고서야 매해 겨울 이렇게 다디단 귤을 보내줄 리가 없지 않은가. 나와 K는 이 작은 서점에서 만났다. 그는 손님이었고 나는 서점지기로 맞이했다. 그다음은 생각이 나지 않는다. 분명 무언가 사연이 있을 법한데도. K를 생각하면 겨울 찬바람과 귤의 맛이 떠오를 뿐이다.

눈을 털면서 들어오는 이는 J다. 하루가 멀다 하고 찾아오는 단골이다. 알기로 J는 이 근방 어느 커피숍에서 파트타이머로 일하고 있다. 늘 웃는 사람이다. 때로 며칠씩 보이지 않기도 한다. 그럴 때면 슬쩍, 나도 모르게 기다리곤 하는 것인데 불쑥 나타나서, 어디어디에 여행을 다녀왔다고 알려주는 것이다. 그런 그가 최근 얼굴이 어둡다. 집어드는 시집도 온통 어두운 제목들뿐이다. 실연을 한 것인지, 직장에 무슨 문제라도 있는 것인지 걱정이 앞서지만 사연을 묻는 것은 서점의 일이 아니니까, 차를 한잔 내어주거나 사은품을 챙겨두었다가 건네는 것으로 위로를 대신하고 있다. 오늘은 간만에 환하다. 나는 그에게 귤을 하나 건넨다. 달아요, 그거.

선물을 하고 싶은데 어떤 시집이 좋을지 모르겠다는 이가 있다. 친구가 서점과 가까운 대학 병원에 입원해 있다고 했다. 사실, 나의 서점에 꽂혀 있는 천여 권의 시집 중에 직접적으로 위안을 전해줄 만한 것은 없는 것 같다. 그럴 때 한껏 초라해지기도 하는 것인데, 그깟 시가 뭐라고 내가 이렇게 열심인가 싶기도 한 것이다. 다행히 중병이 아니라니까, 열熱이 높은 것도 좋겠고 말놀이가 현란한 시집도 좋겠다. 이런저런 궁리를 한참 하다 한가득 시집을 골라버렸다. 모두 구매하시라는 것은 아니에요. 살펴보시고 마음에 드는 것으로 하나만 고르는 게 좋겠어요. 멋쩍어 돌아선 내 등뒤에서 그는 마다하지 않고 시집을 하나하나 신중하게 살펴보고 있다. 마침내 두 권을 골라 내미는 그를 보니 이만한 문병 선물이 또 어디 있겠나 싶고.

눈은 어느새 그쳐 있다. 조금은 쌓였어도 좋았겠으나, 홍건할 뿐 거리에는 아무것도 없다. 그러나 아직 겨울은 한창이니 한두 번은 그런 눈이 내리지 않을까. 구름은 채 거두어지지 않은 모양이지. 다섯시도 되지 않았는데 창밖은 밤에 가깝다. 멀리 군고구마 리어카가 보이고, 장작 위에서 흔들리는 불빛도 보이고 그 앞에 서 있는 사람은 종종 서점을 찾는 사람이다. 매번 찾아와 어려운 책을 주문하는 사람. 그는 말이 없고 잘 웃지도 않으며, 언제나 이어폰을 꽂고 있다. 인근 식당에서 한두 번 마주친 적이 있다. 언제나 그는 혼자였다. 가볍게 눈인사를 하면서 그때마다, 참 외로운 사람 같다고 생각했었다. 그런 그가 군고구마를 사고 있다니. 뜨거운 고구마를 후후 불어 먹으며 이 까만 밤을 보낼 그를 상상하니 그것은 그것대로 참 멋지다.

곧 서점 문을 닫을 시간이다. 아무도 오지 않는 시간이 길어지고 있다. 읽는 것도 쓰는 것도 뜻대로 되지 않아 서성거리고 있을 때, 비뚤어진 책과 잘못 꽂혀 있는 책을 찾아 바로잡기도 하면서 그럭저럭의 시간을 버텨내고 있을 때, 하얀 소국을 한 다발 들고 찾아오는 사람은 사서 H씨이다. 혜화동에서 한참 떨어진 곳에서 살며 근무하고 있는데도 기꺼이 여기까지 오는 그에게 참 고맙다.

언젠가 H씨의 초청으로 그의 일터에서 강연을 한 적이 있었다. '구름과 시'를 주제로 두 시간 정도 이야기를 마치고 돌아오는 길에 그가 이렇게 먼길을 밟아오는구나, 공연히 시큰한 적도 있었다. 나의 서점에는 시집만 있는데. 그런데도 이렇게 먼길을. H씨는 아니라고 했다. 먼길인 건 맞지만, 이 서점에는 시집만 있는 것은 아니라고. 어쩌면 H씨의 눈에 이 서점은 조금 다른 모양과 빛을 가지고 있는지도 모르겠다. 그 '조금 다른' 것이 무엇인지 나는 모른다. 어쩌면 내내 모를지도. 서점에 참 잘 어울릴 것 같아서 샀다는 그 흰 소국 다발을 건네고 그는 약속이 있다며 부리나케 가버린다.

하나둘 불빛이 사라져 이윽고 깜깜해진 서점을 난 참

좋아한다. 인근 가로등 불빛이 들이쳐 어두운 서점의 일부가 어슴푸레 드러난다. 꽃병에 꽂힌 꽃이 보인다. 흰 눈으로 시작해 하얀 꽃으로 끝이 난 하루다. 신통찮은 매출에도 어쩐지 부자가 된 것만 같아서, 웃음 지었다가 이내 거두는 그런 하루다. 어찌되었든 내일도 서점을 열어야 하고 몇 명이든 사람들을 맞이해야 할 테니까, 서점 역시 곤한 잠에 들 시간이다. 쿵 하고 소리 나게 문을 닫는다. 안녕. 오늘도 수고했어. 잘 자. 내가 서점에게 건네는 밤 인사다.

크리스마스,
기다리고 기다리는

나는 크리스마스를 정말 좋아한다.
악의는 하나도 찾아볼 수 없는 그런 날이니까.

출근을 하다가, 크리스마스트리를 파는 가게를 발견했다. 오래된 꽃집의 허름한 쇼윈도에 별반 화려하지 않은 것인데도 반짝이는 전구들을 보니 설레고 말았다. 새삼 겨울이고 새삼 연말이고 새삼 눈을 기다리게 되고 새삼 크리스마스 직전.

　나는 크리스마스를 정말 좋아한다. 크리스마스의 거리를 좋아한다. 크리스마스의 거리를 채운 사람들의 표정을 좋아한다. 어릴 적부터 지금까지, 나는 크리스마스가 싫었던 적이 없다. 잘 우는 사람이고 속이 까만 사람이고 그러니 산타 할아버지를 만날 기회 따윈 없는데도. 그날에 누군가는 슬프고 아프고 가난할 것이다. 그럼에도 크리스마스가 좋은 이유는 분명하다. 누군가를 떠올리게 해주니까. 그리움에는 비용이 들지 않는다. 그러니 맘껏 좋은 이를 미운 이를 떠올리고 사랑하고 이해해보려고 노력해도 좋은 날이 크리스마스. 분명 그렇고말고. 넘치도록 화려한

트리의 장식들과 전구들은 그런 의미를 담아 반짝이고 있
는 것이 분명하다.

　서점에 닿자마자 이곳저곳을 뒤적인다. 작년 겨울에 산
트리가 떠올랐기 때문이다. 어디에도 없다가 책장 위에서
찾아냈다. 기쁨도 잠시. 금방 실망하고 만다. 너무 조그맣
잖아. 채 두 뼘도 되지 않을 것 같다. 먼지를 털면서, 작년
의 나를 원망한다. 혜화로 건너온 즈음이었다. 책장을 정
리하고 이러저러한 비품들을 구매하느라 정신이 없는 중
에 인근 문구점에서 급히 구했던 것 같다. 내년에는 더 크
고 멋진 것을 장만하겠다 다짐했을 텐데 아무것도 하지
못하고 새 크리스마스를 맞이하게 생겼구나. 매사 이런 식
이야 나는. 시무룩해져서 코드를 콘센트에 꽂아본다. 작
고 따뜻한 빛들이 떠오른다. 그것들이 서점을 가득 채우
는 것만 같다. 그렇게 작은 트리가 커다래진다. 점점 더 커
지는 모습을 한참 본다. 아마 작년에도 이랬나보다. 이것
도 괜찮네, 충분하네 하면서. 마침 찾아온 독자들이 올라
와서 반갑게 트리네, 한다. 내 눈에만 그런 것이 아닌 모양
이다.

독자들이 계산대에 올려놓은 시집을 보며 어떤 기대를 품는다. 혹시 이 시집들이 크리스마스 선물이 되는 것은 아닐까 하고. 아무리 내가 시인이래도 시집서점을 운영하고 있대도 시집이 근사한 크리스마스 선물이 될 수 있을 거라고는 생각하지 않는다. 언젠가 기사로도 본 적이 있다. 제일 받기 싫은 선물 1위가 책이랬다. 하물며 시집은.

한편으론 겨울밤하고 시집은 잘 어울린다고 우기고 싶다. 크리스마스트리와 그 트리 위에서 나타났다가 사라지는 노랗고 파란 불빛들과도. 무언가를 떠올리면서 그리워하면서 아까워하면서 시를 읽는 시간. 그 시간을 선물하는 일이 아닌가. 하지만 나는 독자들에게 끝내 묻지 못했다. 그러니, 그냥 그랬으면 좋겠다 생각하고 말 뿐이다.

정작 급한 것은 내 쪽이다. 열흘 정도 남았다. 올해 크리스마스. 바쁘다는 핑계로 아무것도 준비하지 못했다. 사람들을 하나둘 떠올린다. 친구들도 있고 이름은 모르지만 낯이 익은 독자들도 있다. 그들에게 시집을 선물해주고 싶지만, 그럴 수도 없는 처지다. 주머니도 가난하니까 소박해져보자. 고민 끝에 사진을 찍어주면 어떨까 싶어졌다. 마침 필름 카메라도 하나 있겠다, 거절하지 않는다면 찍어주고 싶다. 인화를 해서 우편으로 보내주고 싶다. 짧은 메시지라도 담아서 카드를 곁들여야겠다 싶고. 내친김에 나도 한 장 챙겨야겠다 생각해본다. 어떤 이들하고는 같이 찍어도 좋겠지. 이런 것이 선물이 되려나 싶기도 하지만 시집만큼이나 겨울밤에 어울리는 것 같기도 하다. 한때를 진하고 깊게 그리워할 수 있는 그런 까만 겨울밤에.

창문 너머 빛은 사라지고 조금씩 어두워지는 서점의 내부. 덕분에 작은 트리는 점점 더 예뻐지고 있다. 너무 예쁘다. 그리고 나는 이렇게 너무 예쁠 필요도 있다고 생각하고 있다. 정작 산더미 같은 고민에 깔려 있고, 즐길 겨를 따위는 조금도 없지만, 이 멋진 소란이 그저 근사하기만 하다. 잠깐의 착각일지라도 모두가 모두에게 사랑에 빠져 있다 여길 만한 때가 지금이 아니면 언제겠어. 맘껏 그리워해도 괜찮은 때도 지금이다.

폭설,
어쩔 수 없이

집 앞 버스 정류장에서 올겨울 첫눈을 만났다.
나, 무얼 잘한 걸까요. 잘했죠. 무엇이든.

영하의 날씨 중 눈 소식은, 그저 걱정거리인 모양이다.
아침부터 퇴근길 혼잡을 우려하는 뉴스가 들리고,
도로 위 탈것들에게선 알 수 없는 비장함이 느껴졌으며,
나는 지하철로 퇴근할 궁리를 했었더랬다.

낮 동안 정지된 모양의 하늘이더니, 저녁 부근 마침내 눈.

이건 폭설이 분명하다 싶었다. 아니나 다를까,
찾아오던 친구가 차를 돌려 집으로 돌아갔다는 소식.
아픈 발목을 이끌고 찾아온 단골을 내쫓듯 집으로 보냈다.
그런데, 그쳐버렸다. 금방.
다행이다 싶으면서도 실은 좀 아쉽고 허전하다.

2016년 서점에서의 첫겨울 첫눈은 잊지 못할 것이다.
함박눈보다는 작고 싸락눈보다는 큰 눈이었다.
내린다 싶더니 이내 쏟아지기 시작했다.

커다란 통유리창을 가진 작은 시집서점은
7층 건물 중 세번째 층에 있었는지라
쌓이는 것 없이 지나치는 눈송이들만 보였다.
수천, 수만, 수백만, 어쩌면 수천만 눈송이들이
서점과 나의 곁을, 눈의 속도로, 지나고 있었다.
나는 분명 사랑에 빠져버렸고, 이 풍경을
가능한 한 오래오래 볼 수 있기를 간절히 바랐다.

물론 그런 일은 일어나지 않았다.

하지만 되도록 여럿에게 눈이 우리의 곁을 지나가는 그 모습을 보여주고 싶었다. 서점이라는 장소에는 취향 닮은 사람들이 모이게 되는 법이니까, 열 중 일고여덟은 좋아할 거라고 확신한다. 그러나 함께 그런 장면을 본 사람들은 많지 않다. 아니 거의 없다. '눈 온다. 서점 가자'라고 생각하는 사람이 많을 리 없지.

근데 사실 그런 생각, 해보는 게 좋을 것이다.
서점과 눈은 꽤 궁합이 좋으니까. 특히 작은 서점.
원래 작은 것들은 서로 통한다. 그런 것들은 잘 뭉친다.

나는 눈에도 온기가 있다고 생각한다.

서점의 온도는 눈의 그것과 꽤나 닮아 있다.

어쨌든 폭설을 바라는 것은 아무래도 편치 않다.

그래도 예정된 폭설이라면 하는 수 없지.

그런 날, 손님 몇몇과 시인의 책상에 둘러앉아서

농담 따먹기나 하고, 핫초코나 홀짝였으면 좋겠다.

우리는 서로의 이름을 모를 것이며,

뜬금없는 삼행시 백일장을 개최할 것이고,

이따금 말없이, 눈이 우리를 지나쳐가는

그 장관을 한참 바라볼 것이다.

그리고 까닭 없이 좋을 것이다.

4부

그럼에도, 서점이라는 일이지요

선물,
두 손의 소유

기다리고 기대하는 마음이란
언제나 훌륭한 법이다.
그런 것이 선물이겠지.

아 추워, 하고 들어서게 되는 서점에 난로가 있다면 얼마나 근사하려나. 책을 좋아하는 이들이 난롯가에 모여서 언 손 녹여가며. 그 장면 참 다정하겠다. 아는 얼굴들끼리는 눈인사도 하게 되리라. 곁에 작은 크리스마스트리를 하나 놓아본다. 그럼 그들은 도란도란 이야기를 나누다 멈추는 기분으로 작년 크리스마스에 대해 생각하게 될 것이다. 누구와 어떻게 보냈든 크리스마스는 특별하니까. 아닌 게 아니라 나는 크리스마스와 관련한 것은 몽땅 좋아한다.

　연말이어서다. 선물 포장이 되는지 묻는 사람들이 많아졌다. 손재주가 형편없는 나는 그런 주문 앞에서 늘 우물쭈물하고 만다. 속으로는 책에 왜 포장이 필요한 거지, 책은 이미 선물이 든 상자인데, 책의 표지를 열면 나타나는 그 세계로 충분하지 않은가. 투덜거리면서도 한편 미안하지 않을 수 없는 것은 표지도 제목도 감추고 건네고 싶은 그 마음을 알기 때문이다.

선물이 매번 좋을 리는 없다. 이런 일이 있었다. 두 사람은 어색한 사이. 아마도 소개팅 같은 사건이 있었던 모양이다. 한눈에도 여자는 남자에게 관심이 없는 눈치다. 남자는 그런 사실을 아는지 모르는 척하는 것인지 여자에게 선물해줄 시집을 찾았다. 나는 내 일에 몰두하는 척하면서, 그들을 살폈다. 부디 그 모든 것이 나의 상상이길 바라면서. 마침내 남자가 골라온 시집은 파블로 네루다의 『스무 편의 사랑의 시와 한 편의 절망의 노래』였다. 네루다의 이 시집은 아름다운 연애시로 정평이 나 있다. 내 감탄에 남자는 우쭐해져서는 사랑의 시가 스무 편이나 담겨 있으니까요, 했다. 내가 고개를 주억거리는 사이, 여자가 한마디를 보탰다. 한 편은 절망의 노래죠. 그뒤로는 그들을 만난 적이 없으니 어떻게 되었는지는 알 수 없다. 아마 잘 안되었을 것이다. 그렇다면 남자건 여자건 다신 찾아오고 싶지 않겠지. 반해버린 대상에게 걸맞은 시집을 찾으려던 남자의 마음을 헤아려본다. 그의 연가戀歌가 결국 한 편의 절망의 노래가 되었다 해도 선물을 고르던 그 순간을 가치 없다 할 수는 없을 것이다. 그렇다고 여자의 모진 말을 이해 못할 것은 아니다. 선물이라는 행위의 절정이 고르는 데에 있는 거라면, 완성은 받는 이에게 달려 있는 것일 테니까.

문득, 시집을 선물로 주고받는 사람들이 여전히 있다는 사실을 되새겨본다. 물론 내가 지키고 있는 이 자리가 서점이기 때문이겠다. 그렇다면 서점 주인이라는 일은 참 멋진 직업이겠지. 그런 이들의 덕을 보며 살고 있는 거니까. 새삼 난로 따위가 없어도, 그 주변에 모여 있는 사람들의 언 손이나 눈인사가 없어도 크리스마스트리가 없어도 괜찮은 것은 그런 까닭이다. 연말이 다 가기 전에 포장법을 배워보는 것도 좋을 것이다. 엉성한 솜씨로 싸놓은 책을 누군가 풀어보고 기뻐하는 모습을 생각해본다.

방금 올라온 이들은 다정하다. 말해주지 않았지만 나는 안다. 그들은 서로가 서로에게 어울리는 시집을 찾고 있다. 이런 일도 종종 있는 곳이 시집서점이다. 당혹스러웠던 기억의 때처럼 나는 내 일을 하는 척하면서, 그들이 각자 들고 올 시집을 기대하고 있다. 꽤 오래 걸린다. 그 시간이 아낌의 정도를 이야기하고 있다는 것 역시 나는 안다. 어떤 시집을 들고 오든 한껏 칭찬해줄 것이다. 너무 잘 어울린다고. 더없는 당신의 시집이라고. 그러면 그들은 기뻐하며 저 계단을 따라 내려갈 것이다.

모두가 떠나간 서점을 정리하다가 책장 앞에 서서 한참

을 본다. 이 서점에서 내 돈을 주고 시집을 산 적이 있었던가. 기억이 나질 않는다. 서점을 하게 되면 생기는 아쉬움 중 하나가 이것이다. 기껏 진열하고 꾸며놓고 나는 나의 취향인 나의 서점의 손님이 되지 못한다. 혹시 내가 구매했다가 정작 필요한 손님에게 전하지 못할 것 같아서, 그냥 이 책들이 사실 다 내 것처럼 느껴지기도 해서 나는 나에게 시집값을 지불해본 적이 없었다. 누가 보면 우스운 일일지도 모르겠으나, 지금은 아무도 없다. 작정하고 한참 책장 이곳저곳을 살핀다. 마치 손님처럼. 아니다. 이 순간 나는 나의 서점의 손님이다. 내가 집어든 것은 빨간색 표지의 김언 시집. 이것을 누군가에게 선물해야겠다. 선물은 그렇게도 마련된다.

청소,
보이지 않는 일에 대하여

청소는 나름 순서도 정해져 있으니
생각 없이 할 수 있으며
한 만큼 돌아오는 정직하고 멋진 일.
그런 생각에 도취되어 독자가 온 것도 모르고
요란하게 쓸고 닦는 결례를 저지르고 말았지만.

나와 동생이 가족보다 친구들과 있기를 즐거워하는 나이가 되자 아버지는 돌봄의 대상을 사무실로 바꿨다. 시청 앞 높은 빌딩의 꼭대기 층. 백 명이 모일 수 있는 커다란 공간이었다. 아무도 없는 일요일에 그가 그곳에서 무엇을 했는지 구체적으로는 알지 못한다. 다만 여러 가지 정황을 대입해 추측하건대, 편리를 도모했던 것 같다. 쓸고 닦고 보다 쉽게 일을 처리할 수 있도록 장치를 강구하고 닳아버린 소모품을 교체하고 그러고 난 뒤 남은 시간에는 자리에 앉아, 평생을 들여 일궈놓은 하나하나를 유심히 지켜보았으리라. 그러다 해가 뉘엿해지는 시간이 찾아오면 가족들이 있는 집으로 가기 위해 곤한 몸을 일으켰으리라. 문을 닫기 전, 분명 불 꺼진 사무실을 한번 돌아봤겠지. 매일 밤 내가 그러하듯, 내일 보자, 속삭이듯 인사를 했을지도 모른다.

　새해 첫날. 서점으로 향하는 버스에 몸을 싣고서, 아버지를 떠올렸다. 이런 기분이었으려나. 나는 내가 제정신이 아니라고 생각했다. 새해 첫날, 공식 휴무일에 나는 왜 서점에 가고 있는 거지. 목적이야 분명했다. 청소. 올해는 더 나아지리라는 다짐과 바람으로, 문을 활짝 열고 대청소를 하겠다. 일어나서 생각했고 미적대다가 저녁이 다 되어서야 나선 참이었다. 청소는 내일 해도 되는 거였다. 아니면 모레. 청소를 깨끗이 한다고 나와 서점의 미래가 반짝반짝해지는 것도 아닐 텐데. 다만 이렇게 가만히 아버지를 이해하게 되는구나.

열심히 하는 청소. 그것은 청소가 아니다. 아닐뿐더러 자칫, 미련한 청소가 되어버리고 만다. 좋은 청소란 무엇인가. 그것은 철저하고 구체적인 정리 계획을 실천하는 행위다. 어디서부터 어디까지 어떤 장비로 청소를 할 것인가. 공간에 대한 충분한 이해와 그간 청소를 실행해온 바의 경험 등등이 어우러졌을 때에야 좋은 청소라고 할 수 있다. 가방과 외투를 벗어 한 자리에 곱게 올려두고 주위를 둘러본다. 아, 맞다. 환기.

열어둔 창문으로 앰뷸런스 사이렌이 가까워졌다 멀어져 간다. 신촌 시절에도 지금 혜화동 시절도 대학 병원 근처다. 두 곳 모두 로터리를 곁에 두고 있다. 하루에도 몇 번씩 듣는 사이렌 소리가 새해 첫날에는 새삼스럽다. 여전히 누군가는 아프고 더러 위독하구나. 클래식한 고무장갑을 양손에 끼운 채, 아득하며 근원적인 상념에 빠져드는 것은 우스운 일이다. 의자와 책상을 밀고 바닥을 닦기 시작한다. 금방금방 새까매지는 걸레. 여태의 것들이 닦여나가고 있다. 청소기를 밀기 전에 물걸레질을 먼저 하라는 것은 허지웅씨의 칼럼에서 읽고 학습한 방법이다. 불려놓고 밀어내기 사이에는 말리는 시간이 있다. 청소에도 기다림이 필요하다.

바닥 먼지가 말라가는 동안, 손이 닿지 않던 구석을 닦는다. 그곳은 서랍장의 아래, 포스 기계의 목덜미, 액자의 바닥, 전등갓 안쪽, 책장의 윗면이거나 시집들의 뒤편. 애써 보게 되지 않는 곳들. 실은 눈감고 있던 곳들. 서점인데 서점이 아니게 되는 곳들. 거기에는 잊고 있었거나 찾고 있었고 결국 체념하게 된 물건들이 있다. 뒤춤에서 기다렸던 게지. 비로소 내 눈에 띄었을 때 못 이긴 척 나타나주려고 했던 거야. 미처 손대지 못한 구석 그리고 구석.
나머지는 청소기의 몫이다. 당신들이 묻혀온 작년의 먼

지들을 매번 놓쳤던 그것들을 훔쳐내면서, 먼지의 양이 많을수록 나는 잘못을 저지르는 것만 같다. 공연한 감상이다. 새해에는 새해의 걸음들이 있을 테고, 그를 따라 새로운 것들이 다시 켜켜이 쌓여갈 텐데. 밀어두었던 책상과 의자들을 제자리에, 원래의 자리보다 몇 센티미터 더 나은 자리에 놓아둔다. 놓아두다가 새로운 상처들과 어긋남을 또 보게 되는 것이다. 어떤 것은 내 힘으로는 수습이 되지 않을 것 같다. 목수님 모셔야겠네. 가구들 들이면서 평생 수리를 보증했으니, 식사 한 끼 대접으로 해결이 되지 않을까. 이를 핑계로 맥주를 나누어도 좋을 것이다. 내 친김에 들어오지 않는 등이 있는지 확인하고 엉킨 전선들을 뽑고 꼽으면서 제자리와 새 자리를 오락가락하는 사이 창밖이 깜깜하다.

깜깜한 창문에는 내가 있다. 흐릿하고 그래서 조금 아버지 같다. 그때 아버지 나이가 얼마쯤 되었을까. 지금의 나와 별 차이 없을 것도 같은데. 그럼 친구, 하고 불러도 되려나. 그렇게 까불어도 씩 웃어주시려나. 내 또래의 아버지도 창문에 비친 자신의 모습을 들여다보았을 것이다. 무엇을 보았지. 당신의 아버지. 초로의 사내. 무엇보다 혼자인 창문을 닫는다. 하나씩 꼼꼼하게. 새해 첫 밤에 청소를 마쳤다는 신호를 보내려는 듯, 쿵쿵 소리를 내면서 말이다. 돌아보면 달라진 것 하나 없이 멀끔한 서점이 있다. 차갑던 내부가 조금씩 따뜻해져간다.

더 늦기 전에 돌아가야지. 무엇이든 일을 좀 해볼까 하다가, 아무것도 하지 못하고 일어선다. 오늘은 휴일이니까 어떤 일이든 모른 척하는 것이 좋겠다. 배가 고프다. 문 연 가게는 없을 것 같은데, 만두 같은 거라도 사 가지고 갈까 싶다. 오는 길에 본 만두 가게가 문을 열었던가 되짚어보면서 하나씩 불을 끈다. 문을 열고 돌아보면 회색, 회색, 그리고 어둠.

연필,
가장 아름다운
흑심

근사한 하루였어.
내일의 걱정이 고개를 들려고 해서
콧노래 흥얼거렸네.

서점에 앉아 있으면, 더러 버려진 기분이 들곤 한다. 이렇게 표현했지만 꼭 나쁜 기분만은 아니다. 혼자이고 싶은 그런 때도 있으니까. 아침 서점에는 아무도 없다. 아무도 없으니 나무랄 사람도 없다. 어제, 그제, 지난주에 못다 한 일이 남아 있지만 당장은 하고 싶지 않다. 손놓고, 넋도 놓아두고 멍하게 시간을 보내기 좋다. 그러다보면 오후가 되고 그러나 기분은 여전히 느슨해서 대책도 없이 시간을 보내다가 눈앞 깜깜한 한밤을 맞이하기 십상인 것이다. 그런 밤의 결심이란 한결같다. 내일은 더 나아질 것. 그다음, 다음의 다음에 도움이 되는 하루를 살아볼 것. 밤의 풍경이 미끄러지고 있는 버스 창문에 한쪽 머리를 대고 무기력과 후회로 뒤범벅된 퇴근은 하지 말 것.

아침 서점의 일은 그래서 필요하다. 하나하나 불을 올리고 환기를 하고 그사이 커피를 내리고 나서, 빈 책상에 앉아 제일 처음 할일. 그 일은 중요해선 안 된다. 몸도 마음도 그런 것을 원하지 않는데다가 공연히 분주해져서 산만

해질 수 있다. 신중하게 집중해서 할 수 있는 일이면 좋을 것이다. 서점의 일로서 상징적이며, 아침의 일로서 의미가 있기를 바란다. 이따금 깜빡해도 괜찮아야지. 나는 잘 까먹는 사람이니까. 무엇보다 남 보기 부끄럽지 않으며 반복되어도 번거롭거나 지루하지 않고 즐겁게 할 수 있어야 하는 일.

그리하여 내가 찾은 일은 연필 깎기다. 앞선 조건 중 어떤 것도 빠지지 않는 즐거운 아침 서점의 일이다. 내게는 남머루 목수로부터 받은 칼이 한 자루 있다. 나무를 깎을 때 쓰는 우드카빙 전용 날붙이다. 자루는 도톰하고 칼날은 매끄럽고 날카로워서 들고 다니기에는 적합지 않다. 칼집에 넣어 책상 한쪽에 잘 보관하고 있다가 매일 아침 꺼내 그것으로 연필을 깎는다.

영 형편없는 손재주를 가지고 있는 덕에 내 연필 깎기 기술은 발전이 없고, 연필은 매번 함부로 자라난 나뭇가지 꼴이다. 그래도 연필 깎는 일은 참으로 즐거워서 거의 매일 거르지 않는다. 거를 때가 있다면 전날과 거의 다름없는 뾰족함을 지니고 있는 까닭이다. 그렇다면 반성할 일이다. 전날 종일 연필 쓸 일이 없었다는 것이며, 그건 어쩌면 직무 유기일 수도 있겠다.

대관절 서점지기의 일이 무엇이기에 연필을 쓰지 않으면 안 된다는 것인가. 사실 연필 쓸 일은 하나도 없다. 서점을 운영한다고 느닷없이 편지를 손으로 쓴다든가, 장부를 연필로 기입하는 일 따윈 없으니까. 설령 수기할 일이 있다고 해도 일단 잡히는 대로 쓰기 마련이며 누구나 그렇듯 자리에는 볼펜만 수십 종이 있다. 그럼에도 연필을 주장하는 것은 필기의 속도에 있다. 뾰족하면 뾰족한 대로 몽톡하면 몽톡한 대로 연필은 시시각각 글자마다 달라지며 그때마다 적응하면서 생각하게 만든다. 방금 전 떠나가게 된 시집의 제목을 쓰거나 애써 기억해낸 누군가의 이름을 적거나, 퍼뜩 떠오른 아이디어를 남길 때에도 연필은 한껏 닳아가면서 다음, 그다음을 생각하게 만든다.

서점의 일은 어쩐지 그렇다. 매번 쉼표를 찍는 일이다. 지금 당장 내 앞에 서서 계산하는 독자와 그가 내민 시집에 집중하고 집중해도 시간은 남고 이와 관련한 기록을 할 때에 한 자 한 자 새겨놓아도 나무랄 이가 없다. 자연스레 내 자리의 필통에는 연필이 볼펜보다 훨씬 많을 수밖에. 매일 아침 연필을 깎는다는 의식이 자연스러우며, 그럴 필요가 없는 아침에는 반성을 하게 되는 것이다. 그러니까 적거나 그렇지 않거나의 문제가 아니라 연필을 닳게 만들 만큼의 '사이[間]'가 없었다는 것에 대한 반성.

그래서인지 내가 애정 하는 작은 서점들, 이를테면 책방 오늘이라든가 책방 익힘, 많은 곳들이 연필을 제작해 판매 하거나 나누어준다. 그것을 받거나 사 가지고 와 내게 선물해주는 사람들도 제법 있다. 어떤 책방 대표는 애써 만들었는데 생각보다 소중한 대접을 받지 못한다며 아쉬움을 표한 적도 있는데 그건 더없이 느린 필기구일 뿐 아니라 흔하기 때문일 거라고 생각해본다. 서점에는 어울리고 바쁜 일상에는 적합지 않은 물건. 그러니 나는 만들지 말아야지 몇 번이나 다짐을 했으나, 마침내, 만들고 말았다. 어떻게 시작하게 된 건지는 지금도 모르겠다. 어떤 대화중에 궁리중에 "결국 연필을 만들어야겠네!"라는 결론을 내어놓고 속으로 몰래 좋아했던 기억만 있다.

제작하는 일은 매니저 경화가 맡았다. 어쩐지 함께 신이 났던 경화가 지치는 데까지는 그리 오래 걸리지 않았는데 "결국 연필을 만들어야겠네!"라는, 어쩐지 가벼워, 작은 숨에도 도르르 굴러가버릴 것만 같은 말 속에는 재고 따져야 할 것들이 참 많았기 때문이다. 이를테면, 연필은 육각의 형태여야 하며 서점 로고에 맞게 흰 바탕에 검은 글자가 새겨져야 하고 너무 무르지도 너무 단단하지도 않은 흑심을 가지고 있어야 할 것이며 고급진 고무지우개가 달려 있거나 그렇지 않다면 아예 없는 게 낫다는 조건 같은 것 말이다. 물론 이 모든 것들은 나의 까탈스러움이었고 절대 꺾을 생각이 없다는 점에서 신념이기도 했다. 게다가 한정된 예산이나 최소 제작 수량과 같은 현실적인 조건이 더해져 다소 너그러운 편인 경화는 잘 깎인 연필처럼 뾰족해지고 말았는데, 그것이 부러지기 전에 적당히 타협을 해야 했다. 그렇게 제작된 연필은 '비교적' 내가 생각한 이상적인 연필과 닮아 있다.

예상대로, 어쩌면 예정대로 연필은 팔리지 않는다. 누구의 서랍 속에나 한 움큼 이상의 연필이 있는 연필 포화 시대에 판매를 기대하는 것은 욕심이 아닐 수 없지. 경화는 실망한 눈치이지만 옆에서 잔소리만 한 주제에 나는 재미있음을 감추기 어렵다. 창고 한가득한 연필을 보면서 나는 이만큼의 아침 서점의 일거리가 생긴 기분이 된다. 이 연필을 다 깎기 전에는 서점을 그만둘 수 없겠구나. 아침에 연필을 깎기 위해 여전해야 하는 서점도 세상에는 있는 법이지. 운명이라는 게 그렇다. 늘 핑계와 명분이 필요한 것이니 이렇게 된 바에야, 연필 깎기 워크숍을 마련해보는 것은 어쩌려나. 매번 흉측한 모양의 연필을 사용하는 것도 겸연쩍고 그러니까.

오늘 아침엔 유난히 연필이 잘 깎였다. 뜨겁게 내린 커피를 한잔을 두고 깊게 숨을 들이쉬고 내쉰 다음 첫 칼질을 할 때 알았다. 이거 번듯하겠는데. 그리하여 길쭉하지도 짤막하지도 않게 깎인 연필을 내려놓고 혼자 감탄한다. 보여줄 사람이 없어 아쉽다. 막상 있다 해도 그가 나와 같이 기뻐할 것 같진 않다. 잘 깎인 연필의 기준이야 사람마다 다를 거다. 누군가는 이것보다 길게, 누군가는 이보다 짧고 단단한 모양을 원할 것이다. 내 서점의 하루는 내 맘에 들게. 사박사박 차근차근 동글동글 은근하게 적어가듯이.

바구니,
한가득 아름다운 무언가

때마침 바구니 가득 시집을 담아 온 독자가 있다.

이럴 때는 어떤 표정을 지어야 할지 모르겠다.

과소비하시는 거 아니에요, 하고 나서는 아랫입술을 깨문다.

말은 아껴야 하는 법이랬다.

다행히 그는 대수롭지 않은 모양이다.

바구니 두 개를 구해놓고 기대한 것은 그 안에 한가득 담길 시집이었다. 근거 없는 바람만은 아니었다. 종종 바구니가 필요할 만큼 많은 시집을 집어드는 독자들이 있곤 했다. 그마다, 물론 먼저 기쁘지만, 그들이 들고 있는 시집을 와르르 쏟지는 않을까 불안해지는 것이다. 책이란 것은 생각보다 견고하지만, 그래서 깨지거나 부러지는 일 따윈 없지만 조금이라도 상처가 나면 그것은 더이상 새책이 아닌 게 되어버린다. 흠 하나 없는 깔끔한 책이 집 앞까지 배송되는 시대에 모퉁이가 찌그러졌거나 한구석이 슬쩍 구겨진 책은 '거의' 아무도 원하지 않는다. 사실 다 그럴듯한 핑계이고, 사람들이 바구니를 팔에 걸고 서점 이곳저곳을 돌아다니는 풍경으로 가득하길 바랐다. 그럼에도 고작 바구니 두 개를 놓은 것은 나의 소심함 때문이다. 사실은 열 개 스무 개 놓고 싶었다. 열 명 스무 명이 바구니를 끼고서 시집을 담뿍담뿍 담기를 바랐지.

　그래서 어떻게 되었느냐면, 지금껏 이 바구니를 사용한

사람은 손에 꼽을 정도다. 그렇다고 시집을 한가득 안는 사람이 없느냐, 하면 그건 아니다. 처음 몇 번은 권하기도 했었다. 그러면 독자들은 배시시 웃고 그만인 것이다. 그러면 더는 권할 용기가 나지 않지만 매번 빈 채 포개져 있는 바구니를 볼 때면, 궁금함을 넘어 속이 상할 정도였다. 나의 기획에 무슨 문제가 있는 것일까 싶었던 거였다. 하루는 잊을 때쯤 찾아와 잔뜩 시집을 사는 단골 독자에게 물어보았다. 저 바구니가 눈에 잘 띄지 않나요? 저걸 사용하면 편리할 텐데. 위치를 바꿔볼까요? 질문을 받은 독자는 다른 사람들이 짓는 그 애매한 미소를 짓고 대답을 피하다가, 계산을 마치고 떠날 때쯤 홀리듯 대답했다. 한가득 시집을 안고 있는 기분, 좋잖아요. 부자가 된 것 같기도 하고요. 생각 같아선 집까지 안아들고 가고 싶은걸요. 과연 그렇네. 어디 하나 틀린 말이 없어서 무릎을 칠 생각도 못하고 고개만 끄덕였다. 바구니라니! 여기가 대형 마트도 아닌데 말이야.

생각해보면, 시집서점에서 편리를 도모하는 것만큼 바보같은 일이 있을까. 그런데도 나는 자주 함정에 빠지곤 한다. 이곳은 상거래를 하는 가게이며, 가게에 오는 사람은 소비에 있어 편리를 원한다고. 하지만 서점은 불편이

나쁜 일이 아니라는 것을 말하는 곳이다. 손쉬우려면 인터넷 서점을 이용하겠지. 굳이 여기까지 찾아와서 둘러보다가 책을 뽑아들고 한참이나 서서 뒤적이는 마음을 뒷전에 두고 말았다. 불편은 나쁜 말이 아니잖아. 조금 불편하면 사람은 생각하게 되니까. 불편하면 고민하게 된다. 그것이 편리를 향한 궁리만은 아닐 것이다. 당장을, 불편한 지금을 생각하고 불편한 까닭과 이유에 대해서 사유하는 것이다. 불편은 판단을 하게 한다. 그래서 시는 불편을 도모한다. 당신이 보고 있는 것이 아니라 미처 보지 못하는 것을 전하고 알려주기. 그로부터 비롯되는 새삼 앎으로 유도하기. 그것이 시의 일이다. 그런 시집서점에서 바구니의 쓸모는 좀체 낯설다.

게다가 이것은 감각의 문제. 책은 근수로 재어 값어치를 매길 수 있는 물건이 아니다. 차곡차곡 쌓여서 가치 있는 사물 가운데 하나가 책이 아닌가. 시집이라면 더구나 그렇다. 무엇보다 얇지. 쌓으려면, 쌓이려면 꽤 오래 공을 들여야 한다. 품에 안아든 시집이 기쁨을 준다면, 기쁨을 얻는 자는 읽는 자, 독자일 것이며 나의 시집서점에는 그런 사람들이 모이지 않는가 말이다. 서점을 나설 때, 후회의 표정을 본 적이 없다고 생각한다. 다들 설렘, 지금 자신의 손에 들린 종이뭉치가 새로이 선사할 세계에 대한 기대로 가득한 낯으로 이곳을 떠난다. 새삼 서점에 서서 책을 살피고 있는 사람들의 뒷모습을 보게 된다. 그들 중 한둘은 시집을 옆구리에 껴놓고 양손으로는 다른 시집을 찾고 있다. 이것은 나의 시집, 이라는 분명한 사인인 동시에 멀리 떨어뜨려놓고 싶지 않은, 그러니까 앞으로 읽어 내 몸이 될 것이라는 신호이다. 바구니는 없어도 충분하다. 그들 스스로 바구니가 되어 있으니까.

그래서, 바구니 두 개를 치웠느냐, 하면 그건 아니다. 여전히 서점 어딘가에 놓여 있다. 가끔 사용하는 사람도 있다. 그들 역시 서점을 이용하는 기분을 만끽하고 싶어하는 독자들이다. 꼭 그런 일이 아니더라도 서점의 일에는 여전히 바구니가 필요하다. 이를테면 맥주를 사러 갈 때. 형준과 효진이 모여 있고, 맥주가 필요하면 우리는 가위바위보를 한다. 그리고 진 사람에게는 바구니를 안긴다. 빨간모자처럼 서점을 떠난 이들은 바구니 한가득 맥주를 담아 온다. 맥주 대신 귤을 담을 때도 있다. 귤 바구니는 서점 이곳저곳에 놓인 테이블 어딘가에 놓이고, 서점에 찾아온 사람이라면 누구나 꺼내 먹을 수 있다. 그것 봐. 그게 무엇이든 사물에는 쓸모가 있는 법이라니까. 이제서 나는 이렇게 큰소리를 칠 수 있게 되었다.

얼마 전 가위바위보의 패자가 된 효진이가 바구니를 들고 오며 말했다. 내가 갔더니, 서점에서 온 걸 알아보더라? 그럴 법하지. 우리는 너무 자주 맥주를 마시고 있다. 그것도 바구니째.

마이크,
거기까지 들리기 위해서

비싸도 슈어*는 정말 진리랍니다.

* SHURE, 음향 기기 브랜드.

독립출판물을 취급하는 작은 서점 스토리지북앤필름 사장님 영규씨의 영어 이름은 마이크. 그래서 마이크를 잡고 멘트를 할 때마다 나는 그를 생각한다. 농담이다. 그런데 왜 나는 그의 영어 이름을 알고 있는 거야. 아무튼 이번에는 마이크 이야기.

소위 독립서점이나 동네책방이라 불리는 작은 서점들은 아마 예외 없이 마이크를 가지고 있을 것이다. 대체 어디에 쓰는 물건이야. 외롭고 지칠 때 혼자 노래라도 부르는 건가. 물론 아니지만 그런 서점도 있을 거라고 생각한다. 하루치 영업을 종료하고, 최소한의 불빛만 남겨놓은 채 우두커니 자리에 앉아서. 종일 겪었던 설움 같은 것을 떠올리는 그런 때. 그러니 불 꺼진 서점 앞을 지나게 되걸랑 가만히 귀를 기울여보는 것도 좋겠다. 거기서 구슬픈 노래가 들려온다면 그의 애처로운 하루를 위로해주는 마음을 가져주는 것도 좋겠다. 물론 다음날 방문하는 것이 더 좋겠지만.

작은 서점들은 행사를 마련한다. 의자 몇 개와 마이크만 있으면 가능한, 작가와의 만남이라든가 낭독회 같은 일들이다. 가만히 있어선 아무도 찾아오지 않는다. 다른 상점들과는 달리 서점은 마땅한 명분이 없이는 좀처럼 찾아지지 않는 곳이다. 그러니 책을 좋아하는 사람들을 모으기 위해 마련하는, 일종의 자구책이라고 할 수 있겠다.

마이크는 이럴 때 사용한다. 대개 한 시간에서 한 시간 반의 진행. 아무리 작은 서점에서라도, 여럿의 앞에서 효과적으로 떠들기 위해선 어쩔 수 없이 필수적이다. 마이크는 다만 목소리를 효과적으로 증폭하는 데에만 사용하는 것은 아니다. 떨림을 감추고 지탱하기 위한 심리적 지팡이 같은 역할도 하니까. 한편 마이크를 쥔 이상 너는 도망칠 수 없어, 와 같은 의미의 족쇄도 될 수 있겠다는 생각도 해본다. 마이크를 내던지는 것은 좀처럼 상상하기 어렵다. 소주병에 숟가락을 꽂아 건네는, 이제는 보기 힘든 회식 자리의 전통에도 다 의미가 있었구나.

낯모르는 사람들 앞에서 처음으로 시를 낭독했어야 했던 벌써 10년도 한참 전 어느 해 가을. 바들바들 떨고 있는 내게 선배 하나가 "마이크만 봐. 그럼 괜찮아져" 하고 말했지. 그 말 하나만 부여쥐고 비틀비틀 무대 위에 올라가 섰을 때, 나는 그게 얼마나 말도 안 되는 이야기인지 단번에 알아버렸다. 마이크에는 입을 대야 했으므로 마이크만 볼 수가 없었던 것이다. 그 경험 후 나는 되도록 무대를 피했다. 내게는 무대공포증이 있노라고 핑계를 대면서. 그러나 서점을 시작하고 나니, 나의 핑계는 무력해지고 말았는데, 내가 나에게 핑계를 대봐야 내가 나를 봐줄 리 만무했던 것이다. 그리하여 기획한 첫 낭독회에서 나는 나의 역할을 최소한으로 줄이기로 했다. 첫 행사의 유일한 오점이 서점지기였다는 소리를 들을 수는 없는 노릇이니까. 그러나 나의 계획이 무색하게 첫 낭독회의 주인공은 내게 '함께 무대에 있어달라'는 요청을 해왔다. 어쩔 수 없이 나는 한 시간 반 동안 그와 함께 무대에 있었다.

마이크 쥐기란 두려운 일이어야 한다. 마이크를 앞에 둔다는 것은 발언을 하겠다는 의미이다. 발언에는 책임이 따른다. 책임에는 수많은 가정이 따라붙는다. 내가 일을 그르친다면, 그래서 누군가 피해를 입는다면, 내게 혹은 누군가에게 추궁이 따른다면. 마이크에 대고 발언을 시작하는 순간 책임에 따른 수많은 가정들이 작동하기 시작한다. 떨림은 지극히 당연한 일이며, 어쩌면 떨리지 않는 것이 더 문제일 수도 있다. 첫 낭독회 시작을 알리면서 나는 그 떨림의 감정이 마침내 무언가 시작되었다는 (그것은 이 행사이기도 하고 나의 새로운 삶이기도 한데) 바로부터 비롯되었다는 것을 알았다. 책임과 수많은 가정은 앞으로 내 삶이 될 것이라는 것도. 그리하여 인사와 함께 눈물을 쏟을 뻔도 했으나 놀림감이 되기는 싫어 꾹 참았다.

그로부터 5년이다. 한 달에 두어 번은 빠짐 없이 위트 앤 시니컬에는 마이크가 세팅된다. 수많은 시인, 작가들이 그 마이크 앞에 서서 자신의 작품을 낭독하거나 문학관을 전한다. 독자들도 그것을 쥔다. 간직하고 있던 애정을 전하거나 그간 궁금했던 것을 묻는다. 개입하거나 개입하지 않으면서 나는 여전히 떤다. 이 일들이, 마이크를 통해 주고받는 대화가 어마어마한 '분명한 사건'이 아닐 수 없다는 것을 알기 때문이다. 그럴 때마다 나는 예전 어떤 선배가 말해주었던 "마이크만 보라"는 말을 떠올린다. 농담이었겠으나, 사실 얼마나 중요한 말이었던가. 내가 마이크 앞에서 이야기하고 있음을 잊지 않을 것. 동시에 그러한 기회를 소중하게 생각할 것. 동그란 머리를 가진 길쭉한 쇳덩어리에 그런 당부가 담겨 있을 리가. 그런데도 그런 것만 같다.

아무튼. 그런 마이크가 위트 앤 시니컬에는 여섯 개나 있다. 그렇게 많은 사람들이 한꺼번에 사용할 일은 거의 없지만, 그러니 과욕처럼 보이겠지만 언제 무엇이 망가질지 모르는 소모품이기도 하거니와 그렇게 될 경우 행사 자체가 아예 불가능하기 때문이다. 기왕 이렇게 된 거 나는 되도록 비싸고 좋은 것을 사용한다. 보다 정확히 명확히 전달될 수 있어야 하니까. 음향 기기는 대개 제값을 한다는 믿음도 있다. 스위치가 있는 마이크는 사용하지 않는다. 건드려 소리가 꺼질 수 있기 때문이다. 되도록 마이크 스탠드를 사용한다. 고른 소리가 들어가길 바라기 때문이다. 굳이 상세하게 적는 까닭은 혹시 이 글을 읽는 사람 중 서점을 준비하는 사람도 있을 테니까. 음향 장비에는 돈을 아끼지 말 것. 꼭 기억해주길 바란다.

마이크가 든 서랍장의 문을 열어보곤 한다. 까마득한 옛일만 같고 몸이 근질근질해지기도 한다. 저것으로부터 출발해 사람들의 귀에 닿은 시가 벌써 여럿 울렸다는 것을 알고 있다. 그렇게 생각하면, 어찌 소홀하게 여길 수 있겠는가. 봄이 되고 아무런 일도 없으면 기쁜 마음으로 나는 사람들 앞에서 마이크를 잡을 것이다. 잡고 말할 것이다.

안녕하세요. 위트 앤 시니컬 유희경입니다. 찾아와주신 여러분 감사합니다. 오늘의 일들이 부디 오래 기억되길 바라면서, 낭독회 시작하겠습니다. 책임을 다하면서, 모든 변수를 지워가면서.

휴식,
off on off

상병이던 아버지는 고대하던 휴가를 못 가게 되자
하사 앞에서 울음을 터뜨리고 말았다.
휴가 대신 찔찔이란 별명을 얻게 된 아버지는
내가 울 때마다 그 이야기를 들려주었다.
너는 찔찔이 아들이라 찔찔이인 모양이다.

파트리크 쥐스킨트의 소설 『좀머 씨 이야기』의 한 대목. 주인공 '나'와 그의 아버지는 쏟아지는 우박을 뚫고 집으로 돌아가고 있다. 운전하는 아버지도 조수석에 탄 '나'도 거센 소리로 떨어지는 우박이 무섭다. 그때 그들은 괴짜 동네 사람 좀머 씨가 걸어가는 것을 본다. 아버지는 창문을 열고 좀머 씨에게 외친다. "좀머 씨. 차에 타세요. 모셔다드리겠습니다." 그러나 좀머 씨는 대꾸하지 않는다. 평소와 같이 앞으로 앞으로 걸어갈 뿐이다. 다시 아버지가 소리를 높인다. "어서 타시라니까요. 그러다 죽겠어요!" 그러자 좀머 씨는 걸음을 멈추고 아버지를 돌아본다. 그리고 대꾸한다. "그러니 나를 좀 그냥 놔두시오!" 소설 내내 걷기를 그만두지 않는 좀머 씨가 단 한 번 멈추는 장면이자 자신의 의견을 드러내는 유일한 순간이기도 한 이 대목을 떠올린 것은, 같은 말을 들었기 때문이다. 친구로부터. "좀 쉬어. 그러다 죽어." 그렇게 말해놓고 정작 당황한 건 친구 쪽이었다. 그는 곧장 사과를 했지만, 나는 좀머 씨를 떠올렸다. 전쟁중 죽음의 실재를 목도한 좀머 씨. 죽음을 잊고 피하고자 걷기를 택한 좀머 씨. 살아 있음을 확인하기 위해, 비가 오나 눈이 오나 걷고 또 걷는 좀머 씨처럼 나는 끊임없이 일을 하고 있다. 작년 한 해 나는 하루도 쉬지 않았다. 그리고 계획에 따르면 올해 역시 서점에는 휴일이 없다.

'쉼'이란 단어에서 나는 구멍을 연상하곤 한다. 착착 연결되어야 하는 일과 일 사이 예상치 못한 장애물 같은 것이다. 그리하여 예정에 없는 휴일이 생겼을 때 나는 어쩔 줄 모르겠다. 해야 할 일이 있을 것만 같고 그것을 잊은 것만 같고 그로 인해 큰 문제가 생길 것만 같다. 제대로 된 약속 하나 잡지 못하는 것은 이 때문이다. 적당한 도취도 있다. 성실히 살고 있다는 착각과 내가 없으면 안 된다는 오만에 취해 지난 1년을 살았다.

출근길에 무턱대고 버스에서 내린 것은 '쉼'이 숨이 드나드는 통로도 된다는 새삼스러울 것 없는 깨달음 때문이었다. 겨울 햇살이 비껴드는 버스 창문에 기대 막막히 바깥을 내다볼 때. 그러다 떠오른 몇 가지 생각들을 붙들고 놓을 수 없을 때. 문득 당장을 돌아보게 되고 숨이 턱 아래까지 차오르는 기분에 사로잡혔다. 그리고 불현듯 친구의 목소리가 들리는 거였다. "좀 쉬어. 그러다 죽어."

나는 그러니 나를 좀 그냥 놔두시오! 하고 소리치는 대신, 무턱대고 버스에서 내려버렸다. 얇은 겨울 오전의 햇빛. 드문드문 걸어가는 사람들. 차가운 겨울 공기. 입김이 날리는 동안, 이 익숙한 도심 거리에서 나는 길을 잃은 것만 같았다. 그저 당장 서점으로 돌아가지 않을 거라는, 순서도 대책도 없는 다짐 같은 것에 사로잡혀 있을 뿐이었다. 그냥 걸었다. 서점은 매니저 경화가 잘 돌볼 거였다. 걱정 대신 일탈에서 비롯된 설렘이 생겨날 때쯤 닿은 곳은 어처구니없게도 시내 한 대형 서점이었다. 서점을 벗어나 다시 서점. 인근 미술관이나 극장을 갈 수도 있을 거고, 맛집을 찾을 수도 있었을 것이다. 그러나 당장 떠오르는 곳이 없었다.

사람들로 가득한 서점, 참 신기하구나. 그러자니 내가 큰 서점에 얼마나 오랜만에 방문을 한 것인지 깨닫게 되었다. 질서정연하게 놓여 있는 신간들. 원하는 자리에서 원하는 책을 찾아 살펴보고 있는 독자들. 계산을 하느라 책을 정리하느라 분주한 직원들. 예전과는 다른 시선으로 그들을 구경하는 동안 나는 어떤 감정에, 그것은 안심인 것도 같고 기쁨인 것도 같았는데, 사로잡혔다. 여전히 읽는 사람들. 읽는 일의 매력을 아는 사람들이 거기 있었다. 분명 나의 서점의 모습이기도 하겠으나, 일을 해야 하는 내 눈으로는 확인하기 어려운 광경. 나는 이 거리距離가 마음에 들어 서점 한구석에 있는 카페에 자리를 잡았다. 서점에서 아무것도 하지 않고 이모저모를 구경하는 여유를 만끽하느라 허기도 잊었다. 한참을 머물다가 몇 권 책을 집어 계산을 하고 볼펜도 사고 그러다가.

서점 밖은 겨울밤. 옹송그리며 걷는 대열에 합류해 버스를 탔다. 노란 불빛으로 따뜻해진 나의 서점으로 가는 버스였다. 고작 몇 시간 만에 그리워지다니. 어서 그곳에 닿고 싶었다. 내가 서점에 들어서면 매니저 경화는 눈을 동그랗게 뜨고 어디를 다녀왔느냐는 식으로 볼 것이며 몇몇 독자들이 시집을 찾고 또 살펴보고 있을 것이며 짐을 부려놓고 내 자리에 앉으면, 그곳엔 아무 일도 없었을 것이다.

필사 엽서 그리고 방명록,
당신이라는 흔적

시를 쓸 수 없었다면 어떻게 살았겠는가.
시가 나를 죽이고 시가 나를 살릴 것이다.

한림학사 구양수가 말하길, '다독 다작 다상량'이랬다. 많이 읽고 많이 쓰고 많이 생각하라는 이 말은 오래고 오랜 글쓰기의 대원칙이다. 사실 독讀, 작作, 상商은 따로 떼어놓을 수 없는 한몸이다. 읽다보면 쓰고 싶어지고 쓰려 하면 생각하는 수밖에 없으니 실은 단순한 이치다. 그러나 굼벵이처럼 더딘 나는 이 사실을 서점을 운영하고 나서야, 서점을 찾아오는 독자들을 관찰하고 난 뒤에야 알게 되었다. 시를 읽는 사람들은 시로부터 얻은 무언가를 누군가와 공유하고 싶어한다! 느낌표를 달 만큼 놀라웠느냐 물으신다면, 고백하지 않았는가. 나는 굼벵이처럼 더디다고.

독자가 머무를 수 있는 (머물러야 하는) 자리는 서점에 대한 첫 궁리에서부터 있었던 것이다. 입장하고 책을 고르고 계산하고 퇴장한다. 이래 가지고서야 온라인 서점하고 다를 게 뭐가 있어. 그런 생각을 했던 것 같은데, 분명하진 않다. 아무튼 누구든 오래 머무를 수 있으면 좋겠다 싶었

241

다. 그렇다고 시집을 샀으니 여기서 한 편이라도 읽고 가세요, 강제할 수는 없는 노릇이고 자연히 그 궁리는 필사 쪽으로 흘러갔다. 가뜩이나 좁은 서점에 자리를 만드는 것은 부담스러운 일이었다. 그러나 모든 일이 그렇듯 상상은 긍정적인 빛과 형상을 갖게 된다. 무엇이든 룰이 있어야 한다. 필사에도 룰이 있다면 좋을 것이다. 다음과 같다.

1. 필사 대상 시집을 한정할 것: 이달의 시집을 선정해 한 달 동안은 모두가 같은 시집을 필사한다.
2. 순서대로 필사한다: 중구난방으로 필사가 되거나 하면 보기에 아름답지 않을 테니까 시집의 순서대로, 한 사람이 한 편씩 한다.
3. 한 달이 지나면, 한 권의 시집이 만들어질 것: 이를 위해서는 특별한 노트가 필요하다. 아침달 출판사의 디자인 팀에 부탁한다.
4. 보상이 있을 것: 아름답게 필사한 사람에게는 시집 한 권을 수여하여 참여를 독려한다.

그렇게 만들어진 필사 테이블은 기대 이상으로 아름답게 운영되었다. 이 기획을 보다 훌륭한 것으로 완성시켜

준 것은 독자들이 필사 노트에 남겨준 작은 메모들이었다. 다음은 김소연 시집 『수학자의 아침』 필사 노트에 남겨진 메모들이다.

"저와 한동안 편지를 나누던 친구가 시인님을 참 좋아했어요."
"찬찬히 읽으니 더 재미있어요."
"가을이네요 시인님. 여름이 가지 않았으면 했던 마음을 건너 가을이 왔어요."
"계속 시를 쓰면서 살고 싶어요. 덜 부끄럽고 싶지만 늘 그럴 것 같아요."
"시를 읽어야겠습니다. 사랑을 해야겠습니다."
"많이 심란한 날이고 온 세상이 정지 상태인 것 같아 늦은 밤 위트 앤 시니컬에 왔어요."

노트에 독자들이 남긴 메모는 시와 유관하건 무관하건 상관없이 비로소 시를 완성해가고 있었다. 하루 일과의 마무리는 그날에 채워진 필사와 사람들의 메모를 보는 거였다. 웃기도 하고 심각해지기도 하면서. 아내의 강권을 못 이겨 시작한 필사가 하필 세 장 넘는 시여서 끙끙거리다 내게 몰래 반만 옮겨도 되느냐고 물어보던 남편이나, 필사를 하다 말고 터진 울음으로 필사 노트를 적시다시피 했던 독자, 일요일마다 찾아와 맥주를 마시며 필사를 하던 단골. 여럿의 마음과 기억이 담겨가던 필사 테이블을 엽서 테이블로 바꾼 까닭은 읽기와 쓰기가 생각하기까지 닿는 장면을 목격하고 싶은 욕심이 생겨났기 때문이었다. 시집을 읽고 생각나는 이에게 엽서를 쓰자는 것이 취지였다. 필사를 위한 시집과 노트를 거두고 그 자리에 관제엽서를 두었다. 매당 240원. 서점을 밀고나가는 힘을 얻는 대가로는 지나치게 싼 금액이었다. 필사보다 느리고 어렵게 한 장한 장, 누군가를 생각하는 장면이 상자에 담길 때마다 무언가 무거워졌는데, 그게 무엇인지는 아직도 알지 못한다. 다만 그 무게가, 움찔대며 도망가려는 나의 마음을 장독위 누름돌처럼 꼬옥 틀어막아주었다.

이제는 기억 속 기획이다. 추억이란 언제나 보정되기 마련이어서 좋은 일만 떠오르곤 한다. 사실은 운영하며 겪은 마음 부침이 더 컸다. 모두 영차영차 이어나가던 필사를 낙서로, 어울리지 않은 격언이나 문장으로 망가뜨리는 사람들, 멋대로 찢어가거나 더럽혀놓는 사람들에 대해 너그러워지기엔 나는 지나치게 속이 좁았다. 이용에 대한 안내문과 주의사항을 여기저기에 붙여보고 필사 노트를 펼치는 사람마다 직접 일러주기도 했건만 이상과 현실 사이 높은 벽만 실감해야 했다. 서점에도 다양한 사람이 찾아 올 수 있지 않은가. 스스로를 달래보기도 했으나 모난 성정이 더 뾰족해져가는 것을 다스리지 못해 결국 그만두고 말았다.

한동안 필사 테이블에 대한 질문을 받기도 했다. 시간이 흘렀고 독자들도 나도 그만 잊어버리고 말았다. 얼마 전, 서점을 자주 찾는 김복희 시인이 방명록을 제안했다. 읽는 사람은 뭔가 어딘가에 쓰고 싶어지는 법이니 방명록 하나쯤 놓아두는 것은 어떻겠느냐고. 나와 같은 생각을 하는구나. 슬쩍 웃음이 나면서도 안 해본 게 아니야. 그만둔 거지. 생각을 입 밖으로 꺼내지는 않았다. 일리 있는 말이니까. 제법 오래 시간이 흘렀다. 방명록 정도라면 낙서가 있어도 무방하지 않을까. 그래서 커다란 갈색 노트를 하나마련했다. 눈에 띄지 않는 곳에 두었는데 어느새 빼곡해졌다. 역시 읽는 사람들은 쓰는 것을 좋아해. 방명록 안의 사람들은, 은근한 햇볕에 기뻐하고 함박눈을 보며 감탄한다. 실연을 예감하고, 대책 없는 외로움에 힘들어하고 내일의 씩씩함을 다짐한다. 아주 길기도 하고 터무니없이 짧기도 한 그것들에 정을 붙이지 않으려 했다. 또 언제 그만

둘지 모르는 기획이니까. 그러나 금방 소중해지고 말았다. 아주 가까운 사람의 이야기라서. 그냥 받고 그만일 수 없어서 정초부터 그에 대한 답장을 적고 있다. 알지 못하는 이에 대해, 그가 적어놓은 내용만으로 추측해 편지를 쓰는 것은 시 쓰기보다 어렵고 즐겁다. 어떤 책임감도 느끼지 않고 나에 대해서, 아마도 당신에 대해서 쓰기. 어쩌면 읽기와 쓰기 그리고 생각하기의 무한한 확장이 아닐까. 아주 잠깐 스친 인연들이 의자를 끌어와 내 곁에 앉아 있는 기분. 문학적 기쁨, 서점의 즐거움이다. 답장들은 블로그에 올려놓았다. 각자 알아서 눈치채기를 기대한다.

주고받으며 생각하는 기쁨에 은근 고무된 모양이다. 요즘 나는 다시 필사 테이블을 마련해볼까 싶어진다. 책상 하나를 말끔하게 치우고 올려둔 시집을 여럿이 이어가는 즐거움을 영영 포기하기는 아무래도 아쉽다. 이번에는 알려지지 않은 젊은 시인들의 시집을 중심으로 꾸려보면 어떨까. 읽고 쓰고 생각하는 데에 발견의 기쁨까지 더한다면 최선이 아니겠는가. 참여한 사람들을 한데 모아 낭독회를 가져보아도 좋겠다는 생각. 시집 한 권을 몽땅 읽으려면 오랜 시간이 걸리지만, 옮겨본 시는 자신이 쓴 시와 진

배없이 소중하게 여겨질지도 모른다. 그뿐인가. 한 번 더 읽고 쓰고 생각했으니 동참한 모두가 한 발짝 더 내디딘 셈이 아닐까. 땅이 울릴 만큼, 쿵 소리를 내면서. 서점지기 스스로를 북돋우는 과장이다.

서점 일지,
우리 모두의 기억

오늘은 서점 일지 잘 보고 있어요, 하고 간 독자가 셋이나.
얼마만큼의 독자가 서점 일지를 보고 있는지
대충 알고 있지만, 이런 인사는 새삼스럽다.

서점 일지를 써야겠어. 매니저 경화에게 말했다. 그는 왜냐고 되묻는 사람이 아니다. 기다릴 것 없이 덧붙였다. 서점에 무슨 일이 있었는지 좀 알아야겠거든. 빤히 보고만 있는 그를 뒤로하고 첫번째 서점 일지를 썼다.

더듬어본 기억 속 오늘 서점엔 별다른 일이 없었다. 아니지. 바람이 거셌고 들어오는 독자들마다 바람 냄새를 풍겼어. 그것을 적는다. 또 무슨 일이 있었더라. 백석의 시집을 찾는 독자가 있었구나. 바람 때문이었을까. 일단 그것도 적는다. 그리고 출판사 봄날의 책 대표님이 찾아와 커피를 내어드렸고, 아니, 내어드리기 전 커피잔에 이가 나간 것을 발견해서 혀를 차기도 했다. 점심엔 된장찌개를 먹었고, 돌아오는 길에는 야쿠르트를 다섯 개 샀다. 그렇게 적고.

기억에도 기록에도 영 소질이 없다. 누군가의 손에 들린, 반질반질 때가 탄 다이어리를 보면 저 사람은 약속도 잊지 않고 일도 체계적으로 잘하겠지, 하면서 나도 저런 다이어리를 하나 가지고 싶어 부러워한다. 매해 연말쯤 대형 서점에 가서 다이어리 코너를 기웃거리는 이유이다. 작년 다이어리는 디자인이 별로였어, 크기도 너무 작고, 따위의 핑계를 꾸며내면서 새 다이어리를 구매하면 앞에 한두 장 쓰고 마는 것이다. 그렇게 다음 새 다이어리를 사게 되는 새로운 핑계가 책장에 꽂혀, 거의 새것인 채로 한 해만큼 낡아간다.

무얼 적어야 할지 모르겠어요. 적는대도, 적었다는 사실을 잊곤 하는데, 무슨 소용이 있나요. 내 푸념을 들은 다이어리-쓰기-챔피언 지인의 조언은 이랬다. 손에 착 붙여놓으세요. 화장실에 갈 때도 들고 가는 거예요. 그럼 잘 쓸 수 있어요. 일리 있는 말이구나. 어딜 가나 들고 다녔다. 그러곤 버스에 두고 내렸다. 아, 나는 언제든 그게 무어든 잃어버리는 재주를 가진 사람이었지. 결국 다이어리는 안 사는 것으로 결론을 내렸다.

기록하지 않는다 해서 기록의 필요까지 사라지는 것은 아니다. 약속을 잊거나, 한날한시에 약속을 잡아 곤란해지는 상황은 사정과 사과로 무마가 되곤 하지만(그렇게 믿고 싶은 거겠지만), 지난 시간은 그 안에 담겨 있는 기억들은 사정과 사과로도 돌아오지 않는다. 이 당연한 이치를 한동안 잊고 살았다. 서점에서의 일을 달리 기록할 필요를 느끼지 못했다. 개인사가 그러하듯, 각자 알아서 남겨둘 일이다. 그러다보면 알아서 시간이 흐르고 서점의 역사가 마련되리라. 당장 코앞의 일들도 많은데, 내일 어떻게 될지도 모르는데, 공연한 일에 힘을 쓸 필요가 있나. 이와 같은 태평함으로 대충대충 머리에 마음에 담고 잊은 일들이 얼마나 많은지 이제 와서는 후회가 될 뿐이다.

어느 날 밤. 우두커니 서서 서점 내부를 둘러보았다. 말할 수 없이 너저분하다 싶었다. 커다란 봉투를 마련해 보이는 것들을 닥치는 대로 집어넣기 시작했다. 한바탕 소란이 끝나고 시집과 가구들을 제외하고 남은 것이 없게 되었을 때, 웬일인지 후련함이 아닌 불안함이 몰려왔다. 치워진 것이 아니라, 정리된 것이 아니라, 사라져버렸다. 남은 게 없구나. 그런데 그게 무엇이지. 도로, 우두커니 서서 보이는 이곳이 서점이라는 장소가 아니라 커다란 다이어리가 아닐까 생각했다. 난데없었지만, 봉투에 담긴 것이 실은 무수한 관계들의 증명, 매분 매초 맺힌 어떤 순간임을 알아차렸기 때문이다. 이곳에서 만나는 사람들, 그들로부터 비롯된 일, 감정, 생각들이 단어와 단어를 만들고 문장으로 이어져 '여태'라는 시간을 증명하고 있구나. 이것이 서점의 역사가 되는 것이구나. 다이어리야 내 것일 수 있어도, 이를 빼곡하게 채우는 기록은 내 것만은 아니겠다. 나의 기억이 당신의 기억으로 옮아가고 다시 모두의 기억이 되는 것 아니겠어. 서점 일지를 써야겠다고 결심한 까닭이다. 치운 것들을 제자리에 돌려놓는 대신, 늦었지만 이제라도 그것들의 의미를 살펴 적어놓으리라 다짐했다. 그러길 벌써 2년째.

초등학교를 졸업한 이후로 일기라는 것을 써본 적 없던 내가, 꾸준함이라곤 터럭만큼도 가지고 있지 않은 내가 하루도 거르지 않으려고 노력하면서 더러는 짧게 때로는 지나칠 만큼 상세하게 일지를 쓰고 있다. 일지에는 오늘 출근할 때 들은 음악, 만나게 된 사람들, 선물 받은 꽃이나 빵의 이름, 있었던 일, 판매된 시집이 몇 권이 되는지, 한 일이나 할일과 같은 아무 쓸모없을 듯한 내용으로 채우고 있다. 어떤 날은 쓸 말이 하나도 없는 것 같아 전전긍긍하고 도로 초등학생이 된 것 같아 하하, 웃음을 터뜨리기도 한다.

오늘은 열여덟 권 시집이 서점을 떠나갔다. 장미 두 송이를 선물 받았는데, 그것을 선물해준 이가 꽃다발 속에 감춰놓은 쪽지에는 지난번 방문에 환대를 해주어서 고맙다는 이야기가 적혀 있었다. 누가 볼펜을 놓고 갔다. 누가 오랜만에 찾아왔다. 올해 들어 에어컨을 처음 켠 날이다. 커피콩이 다 떨어졌다. 내일은 커피머신 청소를 해야지. 당장은 잊혀도 좋을 나와 당신, 우리의 어떤 날. 차곡차곡 쌓여가는.

오랜만에 만난 친구는, 매일 너의 일기를 보고 있다보니 어제도 만난 것 같다며 웃었다. 나는 따라 웃으면서 네가 읽은 것은 나의 일기가 아니라 이 서점의 일지야, 생각했다. 처음엔 가만 지켜만 보던 매니저 경화가 요즘은 내가 자리를 비우는 날 일지를 이어 적고 있다. 내가 없는 날의 서점은 내가 있을 때와는 확연히 다르다. 그처럼 더 침착하고 슬쩍 어둡고 은근한 활기를 품고 있구나. 차근차근 기록되어가고 있다는 사실이 신기하면서 안심이 된다.

이 서점을 얼마나 더 이어갈 수 있을지는 알 수 없다. 그런 생각이 들 때마다 나는 더 일지에 매달리곤 한다. 정말 맞이하고 싶지 않은 그날 이후, 잊히지 않으려는 노력일까.

글쎄 세상 어딘가에 하나쯤, 시집서점이 있었고 그것이 누군가의 서점이었다는 사실을 증언할 수 있다면 출근이 당겨지고 퇴근이 늦춰져도 상관없다. 그것으로 충분해.

냄새,
서점을 가득 채우는

서점은 종이로 채워진 공간이다.
책도, 책을 읽는 사람도 모두 종이다.
겨울엔, 그래서인가 서점 안 모두에게서
마른 냄새가 난다.

혜화로 옮기고 얼마 되지 않아 나는 감정의 적체가 얼마나 위험한 상태인가를 알게 되었다. 하염없이 말라가는 동안 대책이라곤 밥을 조금 더 먹는 것이었는데, 당연히 올바른 해결책은 아니었다. 오래지 않아 소화불량 상태가 되었고 언제나 체한 기분이 되었기 때문에 우울이 더 깊어지고 말았다.

　먼 곳을 다녀온 선생님이 찾아와 선물을 건네준 그날도 나는 내내 스트레스를 받고 있었다. 이점 후 첫 공식 낭독회가 있는 날이었고, 모든 것이 뜻대로 되지 않아 있는 힘껏 신경질이 나 있었다. 정신을 차려보니 행사는 끝이 났고 나는 반쯤 울고 있는 상태였으며 선생님은 포장된 작은 상자와 쪽지를 남겨놓고 돌아간 뒤.

　혼자 남아 펼쳐본 쪽지에는 스트레스를 받을 때 사용해! 라고 적혀 있었다. 향수였다. 나는 향수를 좋아하지 않는다. 그 어떤 감각보다 압도적 환기력을 가지고 있기 때문이다. 느닷없이 맡게 되는 향수 향은 단숨에 나를 어떤 시절로 데려가곤 하고 대부분 그와 같은 시간여행은 내가 원하는 것이 아니다. 하지만 선생님의 선물이니까. 뚜껑을 열어 냄새를 맡아보았다. 이국의 풀냄새. 처음 맡아보는 것이다. 그러므로 텅 비어 있는, 나와는 무관한 향수였다. 좋았다. 그것이 좋았다.

그뒤로 한동안, 마음의 부침을 겪을 때 나는 그 향수를 꺼내 손목에 귀 뒤에 발라보았다. 그러면 무언가 식고 나는 조금 다른 사람이 될 수 있었다. 그것은 내가 아니기도 했고 처음 만나게 되는 나이기도 했다. 향수 냄새에 대해 언급하는 사람은 없었다. 그래서 이건 나만 맡을 수 있는 것일지도 모른다고 생각했다.

안 보여서, 잊고 있었다. 그것을 어제 책상 정리를 하다가 찾아냈다. 요 며칠 어쩔 줄 모르던 마음이 그것을 찾아낸 것일지도 모르지. 손목에 귀 뒤에 동글동글 바르면서 안심했다. 나에겐 좋은 냄새가, 먼 곳의 풀냄새가 나는 거니까. 이 녀석, 일부러 숨어 있었던 것 아닐까. 내가 힘들 때 짠 하고 나타나려고.

신기하지. 얼마 전 친구가 된 Y가 향수를 하나 가지고 왔다. 일하는 곳에서 선물을 받았다고 했다. 며칠 전 내가 서점에서 나는 냄새에 대해 했던 말을 염두에 두었던 모양이다. 그때 서점에서 이따금 담배 냄새가 난다고, 건물 안 누군가 담배를 피우는 것 같다고, 나는 그게 싫다고 말했던 것 같다. 선물 받은 것을 내게 선물하는 것은 이상할 테니, 내 앞에 두고 주지 못해 망설인다. 서점에는 향수가 어울리지 않겠죠, 하고 말을 빙빙 돌리면서. 웃음이 나서 덥석 받을 뻔했다. 아닌 게 아니라 나는 서점에 방향^{芳香}은 어울리지 않는다고 여기지만, 누군가의 말을 기억해두었다 선물처럼 꺼내주는 마음은 기꺼이 받아도 좋지 않은가.

서점에는 서점의 냄새가 있다. 그것은 깨끗한 종이 냄새다. 새 잡지를 펼쳤을 때 풍기는 것과 같은 것이다. 나는 그 냄새를 좋아한다. 길을 걷다가 서점이 보이면 곧장 들어가는 것도 그것 때문이다. 그 냄새에는 어린 내가 살고 있다. 큰길 건너 있었던 장미서점이나, 대학 시절 학교 앞에 있었던 숭의서점에서 느리고 느린 빛을 받으며 책을 고르던 아이. 그 아이는 훗날 서점을 하게 될 거라는 건 상상도 못했겠지. 이따금 서점에 들어오는 독자들이 코를 들어 냄새를 맡는다. 그러곤 새책 냄새가 좋다고 말하는 것이다. 그러고 보니 그 냄새, 맡아본 지 오래되었다. 종일 그리고 내내 서점에서 일하다보니 익숙해졌나보다. 몸 구석 구석에 배었나보다. 혹시 누군가가 내게서 그 냄새를 맡으려나 생각해보면 기분이 좋아진다. 그럴 때 그가 자신의 어린 시절로, 그 어린 시절의 서점으로 돌아갈지도 모르는 일이니까.

Y에게 이 향수는 잠시 맡아두는 것으로 하겠다고 했다. 그에게 다른 필요가 생기면 기꺼이 돌려주겠다. 타협점을 찾은 Y와 나는 악수하듯 인사를 하고 헤어진다. Y가 돌아간 뒤 슬쩍 뿌려본다. 비에 젖은 풀냄새가 난다. 선생님의 향수와는 다른 풀냄새. 조금 더 가까운 곳의 냄새다. 둘이 섞여서 무언가 우거지는 것만 같다. 눈을 감는다. 이 냄새는 훗날 어떤 기억이 되려나. 이 향수의 이름은 가드너라고 했다.

이벤트,
실은 서점의 일상

작약을 가지고 오시면 시집을 한 권 선물하겠노라 했고,
지금 서점에는 열아홉 송이 작약이 생겼다.
그들 얼굴 하나하나가 선하다.
다들, 부끄러워하며 나선을 그리고 올라왔지.
나는 많이 기뻐했다. 진짜 기뻤으니까.

작약의 날. 똑 떨어지는 발음도, 입안 가득 담길 듯한 모양도 사랑해서 작약. 어찌나 좋은지 1년 내내 보고 살았으면 좋겠다. 그래도 오월에만. 기다리다 놀라는 마음은 소중하니까. 누가 작약을 안고 서점에 들어서면, 그제야 오월이다. 그런 모습을 자주 보고 싶어서 오월 중엔 '작약의 날'을 마련한다. 서점에 작약을 선물해주면 서점은 시집을 선물하는 날이다. 오월이 제철이라지만, 작약은 비싼 꽃. 굳이 셈해보면 작약 쪽이 손해. 그러나 그런 계산을 하는 사람은 아무도 없다. 꽃을 건네는 마음과 시집을 선물 받는 기분에 어떻게 값을 매기겠어. 덕분에 하루 받은 작약으로 서점은 꽃밭이 되곤 한다.

종일 이런 일들을 궁리한다. 내가 사랑하는 것과 사랑하는 것을 이어 발생하는 사건들. 위트 앤 시니컬은 작은 서점. 직접 찾아와야 누릴 수 있는 곳. 작다니. 시집이라니. 서점이고 직접 누려야 한다니. 버튼 서너 번 누르면 내가 있는 곳까지 책이 배송되는 시대에 허점과 약점뿐이다. 그런가. 언제부터 걸어가 서점을 찾는 일이, 책을 골라 계산하고 집으로 돌아가는 일이 허점과 약점이 되었지. 서점을 찾아가는 동안 보고 듣는 것들이 주는 즐거움, 서점을 떠날 때 내 책을 얻었다는 기쁨, 이런 일은 계산할 수 없어서 이익을 본 사람도 손해를 본 사람도 있을 수 없다. 이것이 작은 서점의 일.

　내가 가게를 봐줄게. 명절 동안 할일이 없다던 김소연 시인이 말했다. 그래요 그럼. 그리고 그렇게 했다. 작은 서점에서 그런 것쯤은 아무 문제도 아니다. 그래서 명절 연휴 하루 동안 독자들은 서점지기 김소연을 만났다. 만나서 자신의 이야기를 들려주었다. 그에게 시집 추천을 받았다. 물론 계산도 그가 해주었다. 무엇 하나 능숙한 일 없이 서툴기만 했으나, 더디다고 화를 내는 사람은 한 명도 없었다. 그날 매출이 어땠더라. 기억나지 않는 것을 보면 기억할 필요가 없었던 모양이다. 서점의 풍경을 그림으로 그려보면 어떨까요. 이건 만화가 재수씨의 말. 종종 이곳에 와서 사람들의 모습을 그려볼게요. 저야 좋죠. 그 그림들 모아서 경매를 해볼까봐요. 그래서 재수씨는 한 달에 한

번 꼴로 서점에 찾아왔다. 아무도 모르게 서점 속 사람들을 그림으로 남겼다. 열댓 점 그림은 완판되었고, 어딘가 있을 누군가의 집에는 위트 앤 시니컬의 모습이 걸려 있을 것이다. 또 어떤 일이 있었지. 기억을 헤집어본다. 사실 매일매일이 이벤트다. 비가 온다고 벚꽃이 피었다고 장마가 길다고 단풍이 들었다고 첫눈이 내린다고. 핑계는 끝이 없다. 무엇이든 핑계가 생기면 사람들을 불러모을 생각만 하는 거였군.

"크리스마스는 상자와 같은 것. 트리 아래 빈 상자는 채워놓아야 하는 것. 시집을 주고받읍시다. 낯모르는 이들끼리면 어때요. 자, 우선 누군가에게 선물하고 싶은 시집을 저희가 마련해놓은 봉투에 담으세요. 카드를 적어 함께 넣어도 좋겠습니다. 트리 아래 상자에는 먼저 찾아온 누군가가 놓고 간 봉투가 있지요. 그건 당신이 받을 선물입니다. 그것을 꺼내고 당신의 봉투를 넣으세요. 마음과 마음을 이어갑시다."
— 크리스마스 이벤트

혹은

263

"삶의 터전은 선택의 영역이 아닙니다. 선택할 수 없다고 해서 권리마저 사라지는 것은 아닙니다. '여기'와 '거기'에 살고 있는 고양이들과 함께하는 헌책방입니다. 계산은 현금만 가능하며, 책값은 옆에 있는 저금통에 넣어주세요. 발생하는 모든 수입은 길고양이를 보살펴주시는 시인들에게 전달합니다."

— 길고양이를 위한 헌책방 이벤트

돈을 받는 일도 아니고 들이는 비용과 시간을 따져보면 분명 손해인 일들이다. 일이라고 생각해본 적 없는 일들이다. 그러니 계산을 해봤을 리도, 억울해진 적도 없다. 작약을 들고 오고, 그림을 구매하고, 기꺼이 헌책을 내놓는 사람들이 있어서다. 그런 마음과 함께하는 일 덕분이다. 이벤트는 취지나 의도 못지않게, 받아들이고 참여하는 사람들의 의중이 더 중요하다. 애써 프러포즈를 준비하고 실행한다 해도 상대가 받아들이지 않으면 그만 아닌가. 그러니 준비의 고됨도 현실의 팍팍함도 모두 잊게 해주는 보상은 믿어주고 알아주는 사람들이다. 문제는 이를 위해 주변 사람들을 괴롭히고 있다는 데에 있다. 매니저 경화가 부쩍 피곤해 보이거나, 시인들에게 부탁할 요량으로 전화를 걸거나 메일을 쓸 때마다 은근히 괴롭다. 메일 말미에 잊지 않고 적는 말이 있다. 성공하면 꼭 보답하도록 하겠습니다. 처음엔 그리 믿었고 조금 지나선 그렇게 되고 싶었고, 지금은 가망이 없을까 두렵다. 마음이 작아지면 궁리를 멈추게 된다. 궁리란 서점의 심장이지. 나도 서점도 잿빛으로 바뀌는 것 같고 지루하고 시시하게 며칠 보내고 나면 마치 좀이 쑤시다는 듯, 괴팍한 아이디어들이 자라나는 것이다. 급한 성격을 못 이기고 매니저 경화에게 시인들에게 전화를 한다. 내게 아이디어가 있는데 말이야……

서점을 완성하는
요소들에 대하여

서점을 차리려면 어떻게 해야 해요? 느닷없는 질문에 맞닥뜨렸을 때 어떤 표정을 지어야 하는지 여태 모르겠다. 한두 달에 한 번은 겪는 일인데도. 계산대 건너편에서는 기대 가득한, 한편으로는 머뭇거림과 조심성이 뒤섞인 표정으로 나를 보는 두 눈이 있다. 정말 모르겠어. 서점을 시작하려면 어떻게 해야 하는 것일까.

임대계약 주기인 2년이 작은 서점들의 최대 위기라는데, 이제 6년차 서점이 되니 그런 시기를 세 번이나 건너가는 셈이다. 그럼에도, 그래서 나의 서점은 잘 살아남았고 앞으로도 그럴 것이라는 확언을 할 자신은 여전히 없다. 그렇기는커녕, 매번 위기요, 어려움이다. 하여 서점을 연 매년 칠월의 첫날이 되면, 그저 이마에 땀을 닦는 기분이 되는 것이다.

과장 없이, 여기까지 해온 것만 해도 기적에 기적이 더해진 덕분이다. 그것이 친구들의 도움이든, 누군가가 쥐여준 기회이든 내 힘이 아닌 것은 분명하다. 그러니, 뿌듯함이나 그런 데에서 기인하는 자부심 같은 것이 부족한 게 사실이다. 어디 가서 행여 호기롭게 큰소리를 쳤다면 그저 이에 대한 책임감 혹은 자책감에 대한 반동이겠지 싶다.

내게 질문을 했던 이는 이윽고 민망해진 모양이다. 애써 덧붙인다. 이곳에서 꽤 떨어진 곳에 차릴 서점이라고. 당신에게는 별다른 피해가 가지 않을 거라고. 무슨 대답을 해야 할까. 퍼뜩 떠오른 말은 이런 것이다. '대체 왜 서점을 하고 싶은 거지요. 서점 말고 더 좋은 일이 있을 수 있을 텐데요.' 하지만 나는 그렇게 말하지 않는다.

그런 반문이 때로는 폭력이 될 수도 상처나 모멸감을 안겨줄 수도 있다는 것을 알고 있다. 누가 내게 그렇게 물어보았다면, 난들 무슨 대답을 했겠는가. 그저 기분만 팍 상해서, 해줄 말이 없으면 말 것이지 별 참견을 한다 하지 않았겠는가. 그러니 꿀꺽 무언가를 삼키고 나는, 잘 모르겠

다고 한다. 부지불식간에 서점을 하게 되었노라고. 여태
내가 왜 서점을 하고 있는지 계속 찾고 있다고.

질문을 한 이에게 이런 대답이 통할 리 없지. 가르쳐주
기 싫은 것이다. 생각하는 기색이 역력하다. 나는 간단한
팁이 될 만한 이야기들을 주워섬긴다. 사업자는 어떻게 내
야 하는지. 도매업체와 어떻게 거래하는지. 그런 뻔하디뻔
한 매뉴얼. 궁여지책일 뿐 별다른 도움이 되지 않을 내용
이다. 내 짐작만큼 상대도 김이 빠진 형색이다.

하지만 선생님, 저도 처음에는 이럴 줄 몰랐는걸요. 시
간이 지나서도 당최 알 수가 없어요. 서점을 운영하려면
어떻게 해야 하는 거지요. 어떤 것이 필요할까요. 진심으
로 이런 질문을 하고 싶은 나를 남겨두고, 아쉬운 표정으
로 돌아서는 그의 뒷모습을, 한 칸 한 칸 나선계단을 밟아
내려서는 장차 서점지기가 될 사람의 뒷모습을 응시할 뿐
이다. 그러면서, 시집서점을 시작하겠다는 나의 만용을 지
켜봐주던 사람들을 생각해보는 것이다. 여태 이 어려운 일
을 즐겁게 할 수 있도록 지켜봐주던 눈빛들. 처음에는 말
렸으나 다음에는 지지해주던 사람도 있었고, 덮어놓고 믿
어주던 사람도 있었으며, 끝내 말리고 또 말리던 사람들
도 있었다. 그들이 모두 나를 걱정해주고 믿어주었다는

것을 그때도, 6년차 서점지기를 지내는 지금에는 더 잘 알고 있다.

만약 또 누가 내게 서점을 운영하려면 어떻게 해야 하나요 하고 묻는다면 나는, 친구들을 믿으세요, 하고 대답할 수밖에 없겠구나. 그들의 눈빛 하나하나를 잊지 말라고. 더 어쩔 수 없을 것만 같을 때에 적금통장처럼 그 눈빛을 꺼내 생각해보는 것만으로 충분하다고. 그들이 당신과 당신이 열게 될 서점을 지켜줄 거라고. 믿기지 않을 이야기를 하리라.

그런 사람들이 어디 가깝게만 있겠는가. 내가 무엇을 하든 나를 믿어주는 나의 서점 단골들은 어떤가. 사소한 일에 같이 기뻐하고, 이 작은 서점을 자신의 일부처럼 느끼는 이들. 오월이면 작약 한 송이를 건네고, 크리스마스 때에는 슬쩍 작은 선물을 놓고 가면서 열 평 남짓한 이 공간이 그들의 일부가, 하여 나의 전부가, 온전히 우리의 역사가 될 수 있게 해주는 게 아닐까. 도망치고 싶도록 마음 약해질 때면 나는 그들을 떠올린다.

매일 벽돌을 한 장 한 장 쌓아가는 기분이다. 이 작은 행동이 당장은 아무것 아닌 것처럼 보일지라도 몇 걸음 물러나보면 이것은 벽채질이 되고, 집이 지어지고, 누군가 그곳에서 밥을 지으며 살아가리라. 그것이 아무리 보잘것없는 집이더라도, 지붕이 되고 온기가 되고 안심이 되리라 하는 그런 믿음. 무척이나 감상적이지만 이런 물컹함 없이 더 무엇을 할 수 있을까.

그러니, 지금까지의 나를 격려하며, 함께해준 당신들에게 감사를 전하고 싶은 것이다. 그러면서, 또 누군가가 작은 서점을 열면 내가 그런 이들 중 하나가 되어주고 싶은 마음을 감출 방법이 없다. 당신이 채워놓는 책들은 당신 서점의 독자들뿐 아니라 당신의 일생을 구해주리라. 이런 이야기를 해주지 못했다는 후회가 퇴근을 위해 간판 불을 끌 때까지도 가시질 않았다.

세상 어딘가에   하나쯤

1판 1쇄	2021년 7월 1일
1판 4쇄	2022년 1월 3일

지은이	유희경

책임편집	박선주
편집	이희숙 이희연
디자인	최정윤
제작	강신은 김동욱 임현식
마케팅	채진아 유희수 황승현
홍보	김희숙 함유지 이소정 이미희

펴낸이	이병률
펴낸곳	달 출판사
출판등록	2009년 5월 26일 제406 – 2009 – 000034호
주소	10881 경기도 파주시 회동길 455 – 3

✉	dal@munhak.com
🐦ⓕ📷	dalpublishers

전화번호	031 – 8071 – 8683(편집)
	031 – 8071 – 8671(마케팅)
팩스	031 – 8071 – 8672

ISBN	979 – 11 – 5816 – 136 – 1 03810